菜園・戴冠式

中山均

初期作品集

アルファベータブックス

菜園・戴冠式

中山均 初期作品集／目次

オレンジ通り

ぼくはわざとS駅行のバスに乗らず、少しあとの市内循環バスを待った。Lはその細工に気付いていない様子だった。苛立たしいほど軽快な声で昨日以来のレコードの話のつづきなんかをしゃべっている。ぼくは適当にあいづちを打ちながら、危機を予想しはじめたぼくの内部の防波堤を注意深く点検している。休暇の終わり、避けがたい夕暮がもう山脈の向こうで待ちかまえている。明日から新しい学期が開始される。ぼくは、ぼくの構築した防波堤は、忘却による白っぽい幸福はどうなってしまうのだろう。だがぼくには今それを考えることが許されていない。ぼくはただ現在を、あたかもそれが永遠のものであるかのように守り育てるのみだ。貧しいバス停のトタン壁を、日光が斜めに射抜こうとして散っている。国道とはいっても幅も狭く歩道も整備されていないぼくらの前の道を、タイヤの太いトラックが埃を舞い上げ何台も通って過ぎる。そのたび、Lのさらさらした前髪が左右に開いてなびき、健康そうな額の色があらわになる。逆光で、クリーム色のブラウスのなかのLの肩の線がくっきりと浮かんで見えている。ぼくはどうしたって従姉のLを駅まで送って行かなければならない。それは自分から引き受けた役割なのだから。もうＬの滞在を延ばすといった無理は通らない。今日で休暇はおしまいだ。Ｌは急行列車を乗り継ぎ、大口の鯰《なまず》に一気に吸い込まれる小魚の一匹のように彼女の大都市のなかへ帰って行くのだろう。ぼくとは無関係な彼女の生活が再開される。Ｌが彼女の両親の家に帰着するそのちょうど同じ頃、ぼくの防波堤は未来の大津波によって蹂躙され壊滅されているはずだ。道路の向こう側には民家と工場にはさまれて細々とした水田がつづいている。そこにはこの時間になるとほとんど日が当たらない。ひんやりとした浅い水が稲の暗緑色を反射させている。古自転車が一台ハンドルを草むらに突っ込んで倒れている。塀を越えた工場のなかから金属を切断するような音がときおり流れてくる。そこはマネキン工場だった。たぶんマネキン人形の腕でも切断しているのだろう。その音がぼくをどこか遠くて安全な場所へ運んでくれそうな気がする。トンボが飛んできて、ふとぼくの目の前で直角に曲る。Ｌが明るく笑う。Ｌの輝いている両の頬。不意に、それを思いきりひっぱたきたい衝動にかられる。お姉さん！　ぼくはあわてて視線をそらす。ぼくの前に、茶色くなった時刻表が揺れている。もう一人ベンチの隅にぼくらと同じバスを待っているらしい男がいて、さっきから煙草ばかり吸っている。灰色の煙がごく稀薄にひろがっていく。その行方を目で追いながら、ぼくはぼくの内部に煙のように漂っている一つの言葉の群を発見する。防波堤だって！　過去も未来も現実だ、忘却しきれるものじゃないんだ……。

やがて大きな一つの影がぼくらの前で停止し、Lがほとんど歌声に似た叫びをあげる。バスが来たのだ。ドアが開き、ぼくらはまるでシュークリームのように食べられてしまう。

降りたのは、市役所の東南の音楽堂の前だった。市内循環バスの軌道がS駅にいちばん近くなる地点だ。ぼくはLが何かを言い出す先を制して説明しておいた。すなわち、ぼくらの乗ったのは駅前行きではないから最も効率よく下車しても少々歩くことになる、と。Lは別に不満な素振り示さなかった。ただバスに少し酔ったのか、それとも眠気がさしたのか、軽く目を潤ませていた。これでLは必然的に一本は列車をおくらせることになるだろう。このようにしてLの出発が永久に延期することができたなら、とぼくは願っている。そしてぼくの内部から時間というものを永久に締め出すことができたなら。歩道橋を渡って左折するとイチョウの植えられた少し広い通りに出る。これが駅前通りだ。わずかに弓形に反りながら東西に長々と横たわる一匹の巨大な蛇状生物。S駅はその東端に位置しているが、ぼくらのところからは駅舎の左半分しか見えない。距離のため、あるいは沈みかけた太陽の角度のため、その建物はぼんやりとかすんでいる。二十分も歩けば着くだろう。とぼくはいった。Lは意外だという表情をし、それでは予定の列車に間に合わない、といった。しばらく黙ってそれから、まあ仕方ないわね、と付け加えた。白いコンクリートの歩道を二人並んで歩き出す。地方都市の、夕暮の空の太陽がぼくらの背中を叩く。ケーキ屋とレコード屋が並んでいて、そのケーキ屋の方から髪を巻き上げた若い女性が出て来、ぼくらとすれ違う。ぼくは秋風のような冷ややかさを嗅ぎとる。すれ違ってからも、その女性の露出された菓子のような耳が妙に心に残る。

ぼくは急に横のLを意識しはじめる。ひとつ年上の従姉。ひとつ年上であるために、幼稚園にもあがらない子供の頃から目上としての位置を認めさせられた彼女。呼び捨てるとひどく不機嫌になる代わりに、ぼくのことを軽々しく呼び捨てた。やって来ると、いつもぼく一人をいないもののように扱って彼女よりさらに三つ年上のぼくの姉といっしょに遊びに行った。遠くから見ながら、ぼくは、あの二人はぼくの知らない特別な言語で会話しているんじゃないかと疑った。ぼくは彼女たちの中へ入って行けなかった。また入って行かなくてよかったとも思う。幼いぼくは彼女たちの深い部分から、漠然としたある種の冷酷さを感じていたのだ。それは表現できないものだった。具体的には優しかった姉さんという記憶しかないぼくの姉が突然の事故で死んだとき、Lは、靴下まで真黒い装束を着せられて泣きながら、明日からわたしがお姉さんよ、お姉さんになったげるからね、と同じく小学生にすぎないぼくに宣言した。あのときぼくは感動して大量の涙を流した。しかしまもなくぼくは裏切られたことを知った。葬式がすむとLは彼女の両親ともどもすぐに彼女の大都市へ戻って行ったのだ。ぼくは、Ｌが姉の代わりにぼくの家の子供になってくれると思い込んでいたのだった。それはぼくの勘違いだった。ぼくはＬと、彼女の両親と、死んで行った姉の悪意を同時に感じた。そのころからぼくは彼女たちのように快活になった。快活な、明るい少年の条件として、木登りの仕方や効果的なけんかの方法、より残虐な蛙の殺し方などを覚えた。ゴム製のドッジボールを抱えて白い運動場を走り回りながら、遠く離れた大都市の一角から、またはどこともつかない天空の彼方から姉たちの眼が投げられてくるのを感じた。世界は、対立し合う様々な力で満たされていて、その力をぼく自身の幼い筋肉のなかで瞬発力として体現しなければならないことを知った。ぼくはときどき、以前姉の部屋だった六畳間の北側の壁に向かって、死んだ姉を冒瀆する言葉をいくつも叫んでみることがあった。それらは壁に吸収されてしまい、決してぼくを冒瀆する言葉の逆襲を生まなかった。ぼくは年に二、三度訪れてくるＬに対しても同じことを試みた。ぼくは平手打ちか、もしくは自転車のスポークが回転するような軽妙な悪口の応酬を期待したのだ。しかしあからさまな中傷の言葉を聞いたとき、Lが見せたのは沈黙であり悲しみの表情だった。いつの間にそんな芸当を覚えたのだろう！　ぼくはぼくがLを追い越してしまったか、あるいは彼女が届かないところまで大きくぼくを引き離してしまったのだと考えた。彼女はもうぼくを呼び捨てにしなくなっていた。あの頃、ぼくが失望しながらよく思い描いていた構図群の最も中心的なひとつは、抽象化された血潮のような色彩の夕暮のなか、透明で冷たい一枚のベールを隔て、ぼくが追うのと等速度で駆け去って行く幼い姉とLの姿だった。相変わらず彼女たちはぼくの知らない言語で会話し、永遠の力を誇示するようにしてぼくに嘲笑をおくるのだった。地団駄を踏みながら、構図のなかのぼくとそれを思い描くぼくを結ぶ線上のどこかに表現できない甘いひろがりを感じた。しかし眼を開いて現実のLを見るとき、ぼくは彼女が成長していく存在であることを憎んだ。そしてぼくは姉を全く喪失してしまったのだと考えた。

時間が過ぎ、時間を吸収した十七歳のLの張り切った肩の肉がぼくの手の届く範囲内に揺らめいている。ぼくらは小さな横断歩道を渡る。ぼくらは洋品店の前に差し掛かる。ぼくは車道の向こう側を一瞥し、ぼくらと同じ位の年恰好の一組の男女を発見する。彼らはそれぞれの腕をからませ合ってる。その男の方が同様にぼくらを意識してちらちらと見ている。ぼくらと彼らの間に、ビール瓶を満載したトレーラーが過ぎる。ぼくは彼らのことを忘れる。白い歩道にぼくらの影が長い。風が吹くと、どこかで空缶の転がっている音がする。ぼくはぼくらの歩いている具体的な場所を忘れる。防波堤のなかの忘却による空白にぼく自身を追い込もうとする。休暇の始まった日、ぼくは決心してぼくの内部にひとつの防波堤を仮定し、未来に対するあらゆるこだわりや闘いの姿勢を排除しようとした。それは未来のというよりは世界の忘却だった。優越を目指しての力のかけひきや人間を殴る手指の痺れ、表面的でない精神の緊張、そういったものは全て防波堤の向こうに押しやられてぼくとは関係を失った。この休暇は幸福で、わけのわからない、快楽的な休暇だった。後半には避暑のため従姉のLが一年ぶりにやってきて滞在したのでぼくはより解放された気分になった。ぼくは何も考えず、夢見ず、語りかけず、彼女が何の必然性も持ち合わせていない単なる同年代の少女の一人であるかのように扱って夏の白っぽい時間を過ごした。そしてその休暇が終わろうとしている。ぼくの防波堤は危機を予想しはじめて軋音を発している。ぼくの全体はまもなく未来に突入するだろう。ぼくは砕かれて腹ばいになり、必死で駆け出すことを余儀なくさせられるだろう。それがどうだというのだ、という反問。ぼくが存在するのはいまここ、この場所、この時間のみであって、それは不動だ！

やがて通りは極めてゆるやかにカーブし、Ｓ駅の薄灰色の建物が正面に移動してくる。ここらは市内でもにぎやかな場所だ。人通りが多くなってくる。駅前広場の涸れた噴水塔が見える。タクシー乗り場に群がっている様々な人影が見える。沈みかけた太陽がぼくの首筋を射るので、ぼくは少し汗ばんでいる。Ｌが話題を変えて話しかけてくる。進路のこと、受験のこと、未来のこと。ぼくは当然関心を持たないが、表面に出すことはない。Ｌは自分の志望大学の学部構成について熱っぽく語る。Ｌは来春その試練を控えている。ぼくは、Ｌの形の整った髪を眺めてそこから何らかの連想を引き出そうとする。Ｌの話は大学を離れ、彼女の人生の夢に及ぶ。話ながら彼女はときどきぼくの眼を見てぼくの反応をうかがおうとする。そんなときぼくは曖昧に笑ってみせる。彼女はぼくの、全く別のところにある不安に気付かない。老婆が一人、乳母車を押しながら向こうからやってくる。すれ違うとき一瞬ぼくは乳母車の中をのぞき込む。赤ん坊と視線が合ったなら同じように笑ってみせてやろうと考えながら。しかしそこには赤ん坊らしいまるい肉魂はなかった。汚れた毛布の上に、玉ネギ、ピーマン、ジャガイモといった野菜類が載せられてあっただけだ。ぼくはLを振り返り、そのことを彼女に話してみようとする。ぼくの話はなかなか彼女によって理解されない。やっと理解したようで、どこ、といって彼女が乳母車をさがそうとしたときには、もうぼくにもその老婆を見つけることはできなかった。ぼくはその野菜のひとつひとつに値札が付属していたことを思い起こし、老婆の帰って行く巣のような家のことを考える。古本屋と貴金属店にはさまれてきらきらした印象のパチンコ店があり、半年程前の流行歌を大音響で流している。そこを過ぎると自動車のエンジン音、群衆のざわめきなどが再び新鮮に意識されてくる。シャッターを下ろした銀行の支店の前を通るときはなおさらだ。駅の方へ呑み込まれ、あるいは駅から吐き出されてくる人々の目くばせ、息づかいが何倍にも増幅されてぼくの外耳道を上ってくる。Ｌの声が見失われてしまう。コーヒー色のガラス越しにドリンクを飲んでいる男の姿が見える。そこはレストランのようだ。盆にコップ一杯の水だけをのせて運んでいるウェイトレスの姿が見える。店の隅に置かれた背の低い観葉植物の葉がビニルのような光沢をしているのをぼくは認める。ぼくは横のＬの存在を忘れ、たった一人で歩いているような錯覚に陥る。世界は防波堤の向こうにあり、その不気味なうなり声だけをぼくのところに届かせている。イチョウの樹の下の電話ボックスで、一人の脚の長い青年が通話している。青年は受話器を頻繁に持ちかえながら口腔の奥をのぞかせて笑っている。ぼくがその電話ボックスの横を通過するとき、青年は動物の傷口に似た硬貨投入口に十円玉を追加する。ぼくは、青年が未来を開始したのだと考える。あの青年はＴシャツを脱ぐように数十日にわたる休暇を脱ぎ捨てることができるだろう。ぼくは右手を伸ばし、そしてぼくの伸ばされた右手はひとつの壁に触れる。上気した表情のLが一瞬腕を引っ込め、つぎに、探るような調子でぼくの手の方へ指を泳がせてくる。ぼくらの間で何事かが承認されたのだという気配がLの眼から伝わってくる。ぼくらの指先は機械的に連結されてしまう。ぼくは指先を通して流れ込んでくるLの体温と、流れ出して行くであろうぼくの体温をそれぞれ嫌悪する。ぼくは前方の、赤みがかった色に染まりかけたS駅の駅舎を眺める。大時計の文字盤がひどく読みづらい。数字というよりはむしろ黒い鳥が群がって留まっている風に見える。ぼくらは刻々そこへ近付いているのであるが、夕暮による何かの不足が文字盤をぼくらから遠ざけている。Lがいっしょうけんめいぼくに話しかけている。ぼくはその意味を理解しないまま同意を示す。ぼくはクラクションの音を聞く。自動車が何台も連なって停滞している。ぼくはその一台の車内をちらりと見、隣りに肥満した中年女を乗せた黒い男がたくましい指でハンドルを握っているのを確認する。その男はサングラスのなかからじっと前を見つめている。中学生らしい少女が一人停滞した自動車の間をすり抜けて通りを横断しようとし、反対方向への車の流れが意外に速いのに戸惑って道路の中央で立ち尽くしている。クラクションが響く。ぼくは全てを忘却しようとし、反面多くのことを思い出す。トランクを下げてLがぼくの家の玄関に現われた休暇なかばの日の午後の、眠りのなかに新たな眠りが開花したようなかすかな揺れの感覚。ぼくは彼女を歓迎したわけではなかった。しかしすぐに彼女がぼくの現在に癒着し増殖しはじめたので彼女はぼくの休暇にとり不可欠な要素になってしまった。ぼくは彼女の帰宅をできるだけ延期する努力をした。ぼくは彼女と会話するより、少し離れたところから彼女の挙動を眺めている方を好んだ。ここへ来てまでもしじゅう監視されているようだといってLはぼくの態度を拒んだが、それは拒絶ではなかった。できることならいつまでもこの家に滞在していたい、と彼女はいった。ぼくはその言葉を疑った。彼女は彼女の生活が、未来があって、彼女がすでにそれを当然のことのようにして内臓している事実を責めたいと思った。忘却による白っぽい幸福のなかで、ぼくはときどき突発的に不快になることがあった。その状態が訪れると、ぼくの口腔には、ざらざらした砂の異物感と苦い雑草の味が蘇るのだった。はいつくばったぼくの眼の前に堂々とした強者の二本の脚がそびえ、ぼくの顔面のどこかから流れた血がじゃりを濡らして点々としているのが見えた。その回想の断片は防波堤の向こうのぼくの未来を暗示していた。高校入学以来の主な一年間、ぼくはその半年を他人に跪いて過ごし、あとの半年を強者として他人に君臨して過ごした。それは力の支配する世界だった。ぼくの手元に力があった頃、ぼくは雄々しい気分でいられた。しかし休暇直前のある日、ぼくは予期せず出現した挑戦者によって体育倉庫の裏の壁とフェンスにはさまれた狭い場所に誘い出され、ぼくのよりも飛躍的に硬い拳で地面に殴りつけられた。ぼくは髪の毛をつかまれ、砂と雑草の茎の混じる乾いた表土に接吻させられた。彼に対する忠誠を誓わされたのである。ぼくの新しい季節はあの屈辱の瞬間を始点として持つはずなのだ。ぼくは未来を憎み、忘却を最上の手段と考えて長い休暇に逃げ込んだ。ぼくは現在に重みと意味を与えるためにLを必要とした。よく語りかけてくるLの姿を眺めながら、ぼくはぼくの内部の防波堤を定期的に点検することで時間を過ごした。ぼくは休暇の終わりを信じなかった。……今だって信じているものか！

駅舎が、見上げることを要求するほど接近し、ぼくらはまもなく駅前広場に差し掛かる。一時間あまりも歩いた気分だ。太陽はもうぼくらの背を照らしていない。日光は、時計の文字盤を含め建物の上層部の壁に残留しているのみだ。やがてはそれも消え、冷涼な秋の大気が建物を包み込むだろう。Ｌは列車に乗り込み、ぼくの防波堤は最大の危機を迎えるだろう。噴水塔のあたりで、大学生らしい若者たちがアジビラを撒いているのが見える。彼らは拡声器を使って何かを叫んでいるが、ハウリングを起こしているのでさっぱり聞き取れない。彼らに関心を示す通行人は一人としていない。それでも彼らは叫んでいる。列車が到着したのか、サラリーマン風の群衆がいっぺんに改札から吐き出されてくる。皆髪をきれいに整えている。ぼくは通りの向こう側に視線を投げる。白バイが二台、ガードレールと三角形を構成するようにして斜めに止められている。その中に、黒い巨大なオートバイが一台、囲み込まれている。オートバイは今にも白バイをはじき飛ばしてひとりでに走り去りそうな勢いだ。よく手入れされているらしい黒いボディが光っている。その横で黒いヘルメットをすっぽりとかぶり、原色のちらちらするアロハシャツを着た長身のライダーが二人の制服警官に尋問されている。

ぼくは軽く立ち止まる。立ち止まったことでそのまま行き過ぎようとしたLによってぼくの右手が引っぱられ、ぼくはLの存在を思い出す。しかしぼくの注意はLにではなく黒いヘルメットのライダーの方へ向けられる。ライダーは、尋問というより警告めいたものを警官から受けている。ライダーはポケットに両手を突っ込み、全く聞いていない素振りをしていたかと思うといきなりオートバイにまたがり始動する格好を見せる。あわてた警官がそれを二人がかりで制止する。仕方ないといった様子でライダーはオートバイから降りるが、すぐさま脚を反転させ再び乗って警官を威嚇する。ライダーが本気で発車させたなら両側の白バイはマッチ箱のように弾き飛ばされるだろう。警官が苛立っているのがはっきりわかる。ぼくはライダーの身体の線、特に腰のあたりが意外にほっそりとしているのを見て取る。それが女性であるかもしれないというひらめきがぼくを打つが、それには確信を与えることができない。黒ヘルメットのなかのライダーの素顔に性別があるということ自体が非現実的に思われる。彼は力を体現する存在だ。彼ら三人は、飛び乗っては押さえつけるその同じ動作を何回となく繰り返す。行こう、とLがいう。ぼくは沈黙を嚥下《えんげ》し、足を速めて歩き出す。ぼくらの手は恋人同志のようにつながれたままだ。ぼくはそのことを評価しない。ぼくの眼は、未来を拒否しつづけ崩壊の予感に軋る内面の防波堤にのみ向けられる。ぼくは呼吸を整え、訪れてくるものに耐えようとする。ぼくらは埃の微粒子を舞い上げ水のない噴水塔の横をすり抜ける。アジビラ配りの若者がぼくにひらひらした印刷物の一枚を突きつけ、執拗な調子で話しかけてくる。署名を、署名を、署名をして下さい。ぼくは未来を内蔵し世界に包括されるあらゆるものを嫌悪する。ぼくは差し出された一枚のビラさえ受け取らない。ぼくに無視されぼくと関係を失うビラ一枚分の力。ぼくは周囲の雑踏が、熱を持って曖昧なひとつのオレンジ系統の色彩を浮遊させているのに気がつく。夕暮は個人の鼻腔のなかにまで侵入し、彼がすぐれて特徴的な表情をつくって群衆から離れるのを防ぐ。空の一点からどんなに美しく輝く物体が墜ちてきたところでぼくは一瞥することもないだろう。ぼくの横のLの存在さえもが防波堤の向こうに消えようとしているのだ。そこにいるのがぼくと休暇を共に過ごした十七歳のLではなく、単に精密な設計によって現出された医局用の人体標本であるように思える。ぼくはLの内面に触れることができない。Lが感動したり、悲しんだり、愛したり、決意したりするその対象を共有することができない。ぼくは現在のなかで毛布をかぶってちぢこまり、Lが離れて行ってしまう瞬間を激しく怖れつづける。

ぼくらはコンコースの、人間の流れのなかに立つ。つないだ右手を決して離すまい、Lの指の骨が砕ける程握り締めてやろうと決心するが、その前に彼女はたやすく手を引っ込めてしまう。汗で濡れたぼくの掌を雑踏の乾いて冷ややかな大気が包み、ぼくの聴覚はそこを拠点として鋭敏になる。送ってくれてありがとう、とLがいい、ぼくからピンク色のトランクを受け取る。ぼくらは人間の流れのなかに島のように孤立して存在する。ぼくはぼんやりと彼女の全体を見つめ、彼女がぼくの肩先ほどの身長しかないことを確認する。楽しい休暇だったとLはいい、頭を軽く傾けて前髪を払うしぐさをする。彼女はしばらくぼくと向かい合っていたがぼくが何も言い出さないので自分から小声でさよならを告げ、人間の流れにまぎれて改札口へと歩き出す。危機感がぼくの防波堤の内部で駆け回り、ぼくの口腔のなかには埃っぽい砂と雑草の茎の味覚が戻ってくる。やがてLは改札をくぐり、急行列車の乗り場へとつづくコンクリート階段の雑踏に埋もれてしまう。ぼくは苦いごつごつした雑草の枯れた茎を噛み締めている感覚から脱出できない。ぼくは発熱しているようでもあり、死を眼前にした出血多量患者のように断続的な失神を繰り返しているようでもある。ぼくは別れたばかりのLの像を忘れ、孤独で無意味な闘いへと迷い込むことを余儀なくさせられる。

ぼくは改札を背にしてコンコースを出、黒いしみのついたアスファルトを踏んで夕暮の下に立つ。ぼくは通りの上に延びる一種信じ難い夕暮の空に驚きの目を見張る。同心円状に散るナイフのような雲の切れ端の下側をすでにビルの向こうに姿を消した太陽が照らし付け、抽象化された血潮のような色彩に染め上げている。個々の雲の上側には透明魚の内臓に似た暗黒の息吹が凝集し、その周辺では夕暮はむしろ死体の色に近い。風はほとんどなく雲と雲との間隔は正確に保たれ、生のままの巨大なエネルギーが渦巻くようにして充ちている。街は全体で空から届くオレンジ色の圧力を受け止め、建物の窓ガラスの一枚、一人の通行人の眼鏡のレンズに至るまで統一的なひとつの色彩で飽和している。ぼくはそこに力の存在を感じる。一本の連鎖のように流れる通りの自動車の列、街路樹、大小のビル、無表情な群衆、それらの全てからぼくはある種の感動とめまいを受け取る。休暇の終末、終末的な現在、ぼくの幸福な防波堤内の空白の終末。一瞬にしてぼくはぼくの未来に通じるあらゆる封印された記憶を思い出し、思わず舌を噛み切りそうな不安に没入する。お姉さん！　とぼくは叫んでみる。それをきっかけに、ぼくは時間の果てに事故死した姉のところまでぼく自身を遡らせてみようとする。お姉さん！　世界はこんなに力でみちています。こんなに残虐な力で！

ぼくは心の底まで夕暮の色に曝しながら、列車の発車ベルを聞く。その、ぼくが休暇の期間じゅう守り抜いた堅固な防波堤が壊滅するのに似た響きを、ぼくはむしろ快く聞く。

ぼくはいちめんの笑いに汚染されながら、オレンジ色の通りに向かって歩き出す。

菜園

部屋に鍵を掛けた。父親は子供に黄色い長靴をはかせた。父親は鎌とビニールロープの束を持ち、子供は自分の小さな赤いスコップを持った。笑おうともしないが、不機嫌なのでもなかった。手をつないでやらないと子供はアパート階段を降りられない。腰を低くして、片足ずつ降りるのだった。二つの誕生日がまだだった。西の空にまだ太陽は高かった。

そのまま手をつないで線路沿いの道をゆっくり歩いた。陽射しの彼方に宅地造成のため半ば切り崩された丘の肌が白っぽい。若い父親は、自分には不幸をうまく忘れて幸福の錯覚を感じる才能があると信じていた。現に唇は繰り返して軽いメロディのうちで震えていたから。子供の手は彼の手の中にすっぽり収まり汗ばんでいた。自転車に乗った女子中学生たち。すれちがって若い父親はほんの一瞬、柔らかな安定に包まれたと思った。

そして、彼らの菜園まではすぐだった。トラック三台分の駐車場ほどしかないその菜園はアパートの大家兼管理人の土地で、すぐ南に接して不動産会社の三階建の事務所があるので日当たりは良いとはいえない。それなのに使用代として毎月五千円、家賃の他に支払っていた。西側には赤茶けた柵があり、その向こうは線路だった。東と北はアスファルトの道路で、線路と交差した所には踏切があった。駅が近いので人通りは絶えずあった。菜園にとって、この踏切の存在が致命的だった。警笛が鳴り始める、学生は、主婦は、サラリーマンは遮断機の下りる前にそこを駆け抜けようとして、ささやかな生活を生きている父と子の菜園を横切り、踏みつけ、破壊して去るのだった。そこには恒常的な通行を証明する、通り道のような跡さえできていた。「風がひんやりしているね」と父親が言った。男の子は聞こえなかったのか、横を向いてスコップを扇子のように振っていた。

「隆にも、しっかり手伝ってもらわなきゃ」

そこでは数種の野菜と花を少しずつ作っていた。土曜日や、外出しない日曜日にだけ思い出したように二人でやってきて、貧弱な収穫物を持ち帰ったり手入れを少ししたりした。土壌が良くないからか日当たりのせいか、屑のような野菜しかできなかった。曲がりキュウリ、枯れたようなネギ、空洞だらけのニンジン。その根本原因を若い父親は自分の心の隙かもしれないと思うときがあった。強くなるのが必要で、それが正しいときでさえ、強くなれず相手を許し苦しい後悔と自虐の中へへなへなと座り込んでしまう心の隙。その弱さがどこかで因果して、スーパーで売っているのにはるか及ばない野菜を口にしなければならない道理となる。下らない考えだ。しかしこの下らない考えに、例えば朝七時四十分都心への通勤快速の中でふと捕まることがあった。

本当は花が作りたいのが動機だった。花屋の店先で美しい写真入りの花の種の袋を見ると、この写真を実体化したい衝動を感じて汗ばむ男だった。しかし野菜のための畝《うね》が中央に並んで、花の種はその周囲のもっと劣悪な、線路の敷地との境や通行人の踏みつけて行く隅の地面に播かれた。彼は決して種の袋の説明など読まなかった。手でつかんでまさに播いた。整然とした花壇など好きではなかった。咲き乱れて欲しかった。何を播いたのか、どれだけ播いたのかはすぐに忘れた。手入れは専ら野菜の方に集中した。これには多少の情熱を込めていて、妙に納得していた。「趣味はひゃくしょうです」と半年前入社した家電メーカー営業部の新人歓迎宴会の席で、気のきいたユーモアを含めたつもりで自己紹介した。悲しさも何も赤ら顔で笑う父親のような数十人の上司の前で忘れ、自分も少し酔ったようで悦に入って続けた。「一つ半になる男の子がいます。女房は逃げました。子供の名前は隆です。私も人の親として頑張っておりますのです」

先週から、菜園の横を通って通勤するときに、キンセンカが咲き始めているのに気付いていた。いつ播いたのか、その種を播いたことすら忘れていたのに、その金貨のような花はこの世の善も悪も一緒にまとめて噛含めたその毒をほのかに漂わせながら、他の名も知らぬ草花の群れの中に三つ、四つ、咲き出していたのだ。次の日にはもう倍ほどに増えていた。彼は気になっていた。近道として菜園の中を横切って行く通行人たちにこの花が踏みちぎられ、あるいは持ち去られはしないかと。浮き出すようなこの花の色が好きだった。目にするたびに、印象は強烈だった。離れて行った、あの女に似ていると思った。

それを守りたかった。守りたいと思った。

その前日、金曜日、アパートの廊下ですれ違った管理人に、この頃菜園が荒らされるのですが、と相談した。管理人は髪は薄かったがまだ四十代のはずだった。背が低いので下から見上げるように話すので、若い父親は少し申し訳なく思った。管理人の頭の上の柱に寒暖計が掛けてあるのを見ていた。柵を作ればいい、杭にする棒切れと竹の枯枝を運んでおいてあげるよ、と言ってくれた。いつも親切な人だった。子供の母親がいないのを、亡くなったからだと勝手に信じていた。子供はまだ託児所だった。「明日の朝にでも置いとくさ」。若い父親は頭を下げた。父と子の週末の予定が決まった。

風がひんやりしていた。管理人が置いておいてくれた柵の材料が無造作に道のそばに転がっていた。二つや三つのキンセンカはその下敷きになって折れているようだった。案の定、竹の枝の束を持ち上げると傷付いたキンセンカが現われた。一つ、二つ、三つ、四つ。管理人の置き所がほぼ最悪だったのだ。少し悲しくなった。花は首を折られて死んでいるかに見えた。曲がった茎をそっと伸ばして、撫でた。これを守ろうとして、これを傷付けたと思った。菜園を斜めに切って、自転車のタイヤの跡があった。それを見たとき若い父親の感傷はさっと労働への使命感に替わった。キンセンカ、キンセンカ、燃え上がり、焼き尽くせ。黄金の金貨は二十に足らなかった。しかし来週には倍になる、と思った。父親は子供を振り返った。子供は土の上にべったりと座って、地面を興味深げに眺めていた。父親は子供にとり土に親しむのはとても良いことだと信じていたので、これでも立派な教育のつもりだった。横顔が、いなくなった母親にそっくり同じに見えた。子供はスコップで地面をつついた。それから頭を上げて、言葉を待つように父親を見た。あああ、と短い声を出した。

「アリがいたの?」父親が聞いた。

「ううん、ううん」

「ムシがいたの?」

「ううん、ううん」

子供の手の中で光るものがあった。取り上げてみると、コーラ瓶の底のグリーンのガラスにすぎなかった。子供は立ち上がり手を伸ばし、返してくれと体でせがんだ。

「ダメだよ、これは危ないから、ポイしようね」

父親はそれを線路の方へ投げた。陽射しを受けて、そのガラスのかけらは空中で一度キラリと光った。子供はうらめしそうな顔だったが、すぐにまた座り込んで、彼自身の宝探しに熱中し始めた。父親は、自分に最も身近な存在であるこの子供が世界を宝石箱のように見る目を持っていることを感じ、誇りにさえ思った。実際、世界は宝石箱なのさ！　どうして君にはわからないの？

また、あの女のことを考えていた。あの女の、ひねくれて敵意をはらんだ瞳。その瞳でさえ彼にとっては宝石の輝きを放っていたのに、宝石であるその瞳自身からは世界は汚物と鈍器と悪霊の巣と見えていたのだった。断層、殻の中の弱い構造。一日が過ぎるごとに、彼の腕の中にいるときでさえ、彼女はマッハの速さで内側へと遠ざかっていたのだった。

さあ、仕事、仕事。誰も手伝ってくれない孤独な作業の始まりだ。手順は心得ていた。材料は多くはなかったし、独創的な竹柵を考案する知恵も余裕もなかった。杭にするための木の棒と竹の枯枝は荒縄で束ねてあった。その分量から、菜園を一周する柵を作るのは無理だと判断した。侵入者の進路を断つために、道路に面した東と北をさえぎる。それだけでも仕事としては大したものだった。杭を打つための掛け矢もハンマーも持っていなかったのだから。

線路のそばから適当な大きさの石を拾ってきて、代用にした。杭の先がかつてどこかで使われていたものらしくすでに削られていたことは大きな救いだった。左手で杭を支え、まずトントンと軽く打ち、つぎに両手でガツンガツンと打ちつけた。しっかりと固定されるまでに一つの杭の頭を何十回も打たねばならなかった。頭の芯に痺れがきた。二メートル間隔で戦場の墓標のように、杭を打って行く。通行人たち、太陽、郊外の新興住宅地の土曜日。職場が決まって、子供と二人で引越して来たときには、アスファルトの路面が桜の花びらで覆われていた。今、視界の隅で季節のおくれたキンセンカの金色が揺れている。不動産会社の事務所の壁は灰色だ。ザラザラして貧しいキュウリの葉は枯れた緑だ。守るべき子供がいるのは幸福だった。守るべき菜園があるのも幸福だった。ガツン、ガツン。世界は本来暖かいのに、それらのものに対しては冷たいときがあるのだ。子供は階段から落ちることがあるし、スープ皿をひっくり返して火傷することがある。キンセンカは自転車の車輪の下でバラバラにされることがある。守ってやると、恩人になれるのだった。平和な時代があった。危ない均衡が破れ、新しい安定に落ち着くまでの不幸な時代を生きてきた。再開した口笛がふと消えたのは、あの女とキンセンカの咲き乱れる花畑を歩いているイメージに捕まったからだった。若い父親は、二十三歳だった。

子供の母親であるその女を、彼は小学生のときから知っていた。北陸の一地方都市の、十五年も前の出来事だ。彼女は彼より二学年下で、多分二年生か三年生だったろう。彼は身体は大きかったけれども意気地なしで、よく同級生からいじめられていた。休み時間の後半は決まって泣きながら一人で体育倉庫に逃げ込み、そこで涙を乾かし始業ベルを待つのだった。彼がいじめられるのが、殴り返さないからだとはよくわかっていた。しかし殴り返すことでもっと悲しい運命に墜ちるような気がして、できなかった。薄暗い、体操マットのカビ臭さの充満するその場所が、とても安心できる場所だった。扉には鍵が掛けられているので、裏のブロックの壊れた狭い隙間から出入するのだった。誰も決して来ないはずだった。

ある日、低くしゃくりあげながらいつもの体育倉庫へ逃げ込むと、思いがけなく自分の泣き声が他の小さな、しかし鋭い泣き声と重なった。彼は泣くのを止めた。誰かいる！　体操マット、運動会の玉入れの玉がいっぱい入った籠、ハードル。何かが動いた。泣き声はまだ聞こえていた。誰？　やがてゆっくりと、小さな影が立ち上がって、涙をいっぱい蓄えた瞳の冷ややかな光で彼を射抜いた。

それが彼女だった。彼女を見るのは初めてではなかった。家が近かったし、それに多分彼の弟の同級生だったから。けれども名前は知らなかった。驚いたことに、彼女の三つ編みにした頭のてっぺんのあたりが、白い固形の油のようなものでぬらぬらと光っていた。彼女はぐっと声を飲んで、泣き止んだ。彼の両の頬に涙の跡がついてたことが、彼女を少し安心させたようだった。

「給食の、マーガリン」沈黙を破ったのは女の子の方だった。「髪の毛に塗られたの」

「どうしてそんなことされるの」

「知らない」同情を求める風でもない、自嘲的な言い方だった。女の子は彼よりも二回りも小さく、手のひらはというと赤ん坊のそれのようだった。着ている物もさしてみすぼらしくなかったし、いじめられるのがもっともなほど醜くもなかった。

「いつも、そんなことされるの」

「うん」

冷ややかな光を感じた。冷ややかな暗黒を感じた。少年と少女はときどきその場所で泣き声を重ねるようになった。熱い昼の時間、弱い者いじめに飽きた男の子たちが校庭の焼けた砂の上を駆け回るときに。彼は、しだいに了解した。容姿も肉体的欠陥も家庭環境も関係なく、その人間自身の内側から体臭のように滲み出るある要素によって、磁石のように世界の刺を吸い着ける人間が存在することを、了解した。その人間たちにとっては、世界は悪意の固まりなのだった。彼はいじめられても、まだ世界を花のように信じていた。優しくしてくれる人もいたし、完全に孤独なのでもなかったから。学校の花壇には金貨のような花が咲き乱れていたし、空は白っぽく遠くて無限だった。明るいグリーン色がいつも雨のように降り注いでくるのを待っていた。しかし、その女の子は異質だった。泣き声を重ねていても、彼の断層の向こう側にいた。彼は女の子の顔を覗き込み、一つの使命のような感情を確認した。僕はきみを守ってあげるよ。言葉にしたかどうかは忘れたけれども、確かに心の中でそう叫んだのだ。

いつか、会わなくなった。体育倉庫も体操マットに染み込んだいじめられっ子たちの涙も、時間が押し流した。十年過ぎて、見知らぬ都会の機械音と排気ガスにさらされたある交差点で一億分の一の偶然で再会するまで、その女の子の存在さえ意識の果てに追いやられていた。そのとき彼は大学の文学部の二年生になったばかりで、仏和辞典の重みを気にしながら歩いていた。名前を呼ばれて死ぬほど仰天した。口紅の赤い、やせているくせに顔だけ妙に肉付きの良い、淫らな感じのする女になっていた。しかし、忘れてはいなかった。彼女は顔に手を当てて泣いてみるまねをした。判断の停止、逆行。二人は場所を移した。その日、彼は家庭教師のアルバイトをすっぽかすはめになった。家出をしてきたの、と彼女は言った。三ヵ月前から、スナックで働いているの。話を聞いてみると、都会にありがちないかがわしい場所のようだった。彼は十九歳、彼女は十七歳だった。彼女は一言、淋しい、と言った。彼は使命を思い出した。

数週間後、彼は生まれて初めての性交を経験した。甘美さよりもの悲しさがはるかに勝っていた。なぜなら彼女の口から出る言葉はすべて世界への敵意で彩られていて、何か堅い、かさぶただらけの塊を感じさせたから。お父さん大きらい。どうして？　お母さん大きらい。どうして？　お店の女の子たち、お客さんも、みんな大きらい。

じゃあ僕は？　と、聞けなかった。みんな死んじゃえばいい、と彼女は締め

くくる。大きな目から涙をこぼした

彼女の魂は恐ろしく敏感だった。ただ優しさに対してだけは鈍かった。疑り深く、心を許して甘えているかに見えてもほんの一瞬だけだった。しかし同時に乾いた明るさも持ち合わせていた。本当に下らないことに、死ぬほど笑い転げたりした。何かが彼女には欠けていた。その欠落を埋めて、彼女と世界を連続させること。ある日妊娠したと告げてきた。堕ろしてくるから、お金をちょうだい。彼は慌ててどもりながら言った。どうしてそんなことが発想できるんだい？　彼はヒューマニストではなかったが、世界と和解している人間だった。生むんだ、結婚しよう！　彼女は生むのも育てるのもいやだ、意味がないと言った。彼女は店をやめた。彼の狭いアパートに住み着いて、何週間も米ばかり食べて寝ていた。腹が大きくなってくると、相撲取りの土俵入りのまねをした。手と足が短く見えた。危い均衡の上に成り立つ、やり切れないような幸福の日々だった。誰の子か知れたもんじゃないわ、と彼女は口癖のように言っていた。彼女の髪の中に指を差し入れると、心は草原の中にいるようだった。生んだらすぐに首を締める、と彼女は言った。「そんなことはさせないさ」「ううん、そうする。だっていじめられたらかわいそうじゃない。私の子供だもの、きっと毎日いじめられて帰ってくるわ」

彼女と再会した次の年の秋の終わりに、ごく自然に彼は父親になった。彼は産科病院の廊下でうずくまりながら、これは祝福に価値するものだと考えていた。彼の狭いアパートの薄い毛布の下で甘い匂いの小さな寝息をたてる生き物が存在し始めた。守るべき者がいるのは幸福だった。母親になった女は、急に外界に対して温和になった。授乳しているその横顔は芸術品だった。大学三年生の父親は家族のためにアルバイトに奔走した。初めて彼女にも愛の対象が見付かったと思えて、嬉しかった。休日、クラスの仲間がデモ行進やドライブやテニスに夢中になっているときにも、分単位で労働し金を稼ぐのだった。美談でも何でもない、滑稽だと思った。

彼女には一人の友達もいなかった。それなのに、彼に百パーセント甘えて頼ることはしなかった。子供が生まれてからヒステリックに喚いたりしなくなり少しは外向的にもなったが、それは彼を愛したからでは決してなかった。時々、彼をうるさがりさえした。子供を抱いたり、笑わせたりするのが楽しいようだった。彼はというと、絶対に彼女が必要だった。彼自身弱虫で意気地なしで内向的だったのだが、この、比較にならないほど弱い魂を持ったこの女を守る役割を負うことで、頑張ることができた。二人はよく、暗い体育倉庫のことを思い出して、話をした。あなたと会わなかった十年間も、と女は言う、泣いてばかりいたわ。いつもひどいこと、されたんだもの。

「それは気のせいなんだ。本当はみんな、いじめてばかりいたわけじゃないんだ。」

「ちがうの、みんな私のことときらいだったのよ、駅のホームで背中押されたこと、何度もあるのよ。みんな人殺しの目をしていたわ。」

「きみがそう考えるからだよ」

最後はいつも絶望の表明だった。「どうして私こんなところへ生まれてきたのかしら！」そして赤ん坊をあわれむように抱き締める。彼女はほんの、十八歳だった。

五月、彼女は遊び飽きた玩具を手放すように赤ん坊から離れ、また働くと言いだした。彼の見付けてきた仕事は小さなスーパーマーケットの品物整理係だった。昼間、子供は託児所に置いた。彼は子供より彼女が心配だった。けれども彼女が働いていてくれると、大学へ行く時間もできるのだった。卒業して就職すれば、楽になるはずだった。そのまま、二ヵ月過ぎた。彼は、彼女が新しい職場にうまく適応してくれることを、ひたすら祈った。

しかしある日、若い母親は、子供のように泣きじゃくりながら帰ってきた。その日彼は大学でようやく卒業の見通しが明転してきて軽い気分だったのに、扉を開けて泣き崩れた女の姿に、一瞬にして暗黒に突き落とされることになった。危い均衡が破れたのだ。もうスーパーで働くのやめる、と叫んだ。理由を聞いても、何も言わなかった。彼女の本来的なある要素が、やはり世界の刺を吸い着けたのか。それとも彼女の弱い魂が現実にはないそれをまぼろしとして誘起したのか。彼女が泣き止まなかったので、酒を飲ませて夜遅くまで話を聞こうとした。赤ん坊は鉛のように眠り込んでいた。酔いが彼女の脳髄を包み込んだ頃、小さな声でぼんやりと上司の一人に乱暴されそうになったことを告白した。本当だろうか？　「私これからスーパーに放火してくるから、あなたはあいつを殺して」それから声を上げた、「早くして！」

そういう種類の女は殴ってみせるのが一番だと、理屈ではわかっていた。しかし彼は、息が詰まるほど悲しくなり涙が出て来て手を上げることもできずにいた。彼女のいいなりになって、その上司を棍棒で殴り殺すことを想像して、二十一歳の男子にあるまじき大粒の涙をこぼした。零時を過ぎた、このアパートがそのまま十年前の体育倉庫だった。石炭と、体操マットのカビの臭い。お願いです、僕に、きみを守る役割を負わせて下さい。心の中でそう言った。女はまだ泣いていて、彼に、人殺しを要求する言葉を吐き続けていた。彼は立ち上がって、彼女を傷付ける世界に復讐するために出て行くべきだったのか？　それとも、その素振りだけでもみせるべきだったのだろうか？　外では無関係の都会が、それ自体の強固な秩序の内で眠っていた。ここにあるのは、薄汚れたつがいの酔払いの泣き声の重なりだけだった。「ねえ早く！」

彼が立ち上がらないので、ふらふらと一人女が立ち上がった。何て不幸なきみ。「私、行く」

「どこへ？」

「火を付けてくるの」

彼は立ち上がり、女を抱き寄せようと手を伸ばした。女は強くその手を平手ではたいた。彼は夢中で情けない男を演じる喜劇役者だった。隣の部屋から、勢い良くトイレを流す音が聞こえた。彼は彼女をそのときとても、抱き締めたいと思った。

出て行く間際に、彼のたった一人の息子の母親は言った。

「あなた、一番きらい」

男の子の姿はキンセンカ花の下で見え隠れしていて、それは一枚の絵画のようだった。ガツン、ガツン。踏切が七、八回も鳴る間に、杭は全部墓標のように並んだ。若い父親の上半身はうっすら汗ばみ、風にさらされながらも熱をはらんでいた。次は、杭に切れ目を入れ、それぞれをつないで三本のビニールロープを張る。これは軽労働だ。切り込みは、ロープをくわえ込むだけのほんの少しで良かった。鎌でロープを切るときには、シャッ、という軽い音がした。彼ほんの十分で張り終えると、マイルドセブンを一本取り出して火を付けた。彼の子供はおとなしかった。この菜園が、花畑が気に入っているのだった。彼は煙草の先にシオカラトンボが止まったらさぞおかしいだろうと考えた。空は成層圏まで見通すことができた。世の中に、自分も含めて、不幸な人間と悪意を持つ人間が存在することが信じられなかった。若い父親は竹の枯枝の束を解いた。これを網を作るようにロープに固定して、立派な竹柵の出来上がりというわけだ。囲いの中でキンセンカは純粋培養的に育つだろう。もう誰もその中へは入らない。咲き乱れてその輝きは町中をうっすらと金色に染めるだろう。彼は得意な気分だった。

不意に、張ったばかりのロープの向こうから話し掛けられた。

「やってるねえ」

そこには、彼のキンセンカの何本かを柵の材料の下敷きにして傷付けた恥知らずの大家兼管理人が立ち止まっていた。彼は歯を見せて笑いながらプロレスラーのように張られたロープをくぐって、外に出た。自分が威圧的なのを恐れて、一メートルくらい離れて立った。若い父親と管理人はそこでしばらくたわいない話をした。プロ野球がどこが優勝するとか、ここ数日水道の出が悪いとか。その同じ時間に彼の一人息子は彼の死角であることに熱中していたのだった。彼は何も知らなかった。しばらくして、管理人の年上の奥さんが買い物袋を下げてやって来て、話に加わった。よく肉が付いていて、白い牝牛のような人だった。「来年にはこの地面、駐車場にする話があるのよ」と彼女は口を滑らせた。それで何か気まずくなったようで、じゃあ、と言って管理人夫婦は立ち去った。この次のときには優しい管理人さんは、やあ立派な柵ができたねえ、と、ほめるように言ってくれるはずだったから。

ああ、と男の子が父親を呼ぶ声がした。そして彼の土曜日の労働は思いがけなく早く終わることになる。

振り向いて、彼は息子の満面の笑顔と、そのTシャツの裾いっぱいに摘み取られて光る、あふれるばかりのキンセンカを見た。

「はい、はい」左利きのその子供は左手で無器用に二つ、三つを把み、父親の方へと差し出した。あげる、と言っているのだった。

彼の回転の遅い頭は空白の中で静止した。このように世界は傷付ける！

「はい、はい」それは優しい響きだった。次の瞬間、彼は子供をぶっていた。Tシャツの裾からばらばらと金貨のような花が散った。子供は歌うように泣き出した。何故か懐かしいメロディのように聞こえた。涙は滑って頬から落ちると、黒い土に染み込んで消えた。若い父親はじっと動かず立ち尽くして泣く子供を見ていた。この世の中の悪者たちは普段どこに隠れているのか？　悪者たちから守ってやるべき可憐なものはどこにある？

それが彼の内側に、安っぽい竹柵の安全地帯にないのは、明白だった。彼はゆっくりと、打ち込んだばかりの木の杭を抜きにかかった。守るために守ることの不誠実。彼の頭上には、見えないものまで含めてとても多くの小鳥たちが飛んでいた。陽射しは相変わらず切り崩された丘の肌を白っぽく包んでいた。杭を全部抜いた頃には、もう彼の大切な子供は泣き止んでいるはずだった。

再び幸福の錯覚に墜ちるために、若い父親は言った。「何か、食べに行こうか?」

入江橋

その林檎の皮を取ってくれ、と私は妻に言った。躰をねじると、抜糸後かなりの日がたつというのに、切口が開いてしまいそうな気がする。弱いファスナーつきの躰になったわけだ。それが開いたら、私の内側の光、子供の頃から私の内側の壁をぼうと照らし続けていた穢い裸電球の光が滲み洩れて出るのだろう。そう考えると恥ずかしくて、もう私は一生シャツを脱ぎたくないと思う。「林檎の皮?」答えたのは妻の詩有子《しうこ》だが、盆を小さい両手で掲げすぐに運んでくれたのは三歳の姪だった。私は身を起こして受け取った。「もうすぐお正月だからうれしいね」と、その子に言った。

詩有子は隣のベッドの上で肌着の類を畳んでいた。病室は三人部屋だったが、夏以来、私は部屋を独占していた。私が来たときに一番向こうだったベッドにいた小さな老人ははじめから元気で、民謡ばかり十数曲私の耳に残してすぐに退院してしまった。クリーム色のアコーディオンカーテンは不用になった。しかしいつも詩有子が七時に帰り、夜の回診が済んで八時になると、私はアコーディオンカーテンを身を伸ばして閉めた。音のない箱は船室のようで、私は五分たたぬ間に睡《ねむ》りに入る。それは墜落するような睡りだった。昼間の見舞客、消毒液入りの洗面器、ブーケ、そして病室の窓から見える渡り廊下、水たまり、隣の病棟の壁などを印象のおもてに置き残し、私は一直線に墜落した。その先の、夢の領域のさらに低い低い地点に、雪のひらひらのような鉱石の一片のようなある燦《きらめ》くものを私は感じた。

——それは不幸の結晶片、と私は頭の隅で思いながら林檎の長くつながった皮をちぎり、口に入れた。薄いものを噛む音は、私にだけ聞こえた。「変なもの、おいしそうに食べて」と詩有子が言った。妊娠七ヵ月の躰を二歩、三歩、壁際の冷蔵庫の方へ運んで、その上の盆とナイフを取った。果物は奇術のように彼女の衣服のどこかから出てきた。彼女は色が白く肌も弱い。こちらに向いた彼女の右の耳をじっとながめて、あんなに白く淋しそうな耳をどうして出しておくのかと考えた。詩有子はまた林檎を剥きはじめていた。おなかの赤ん坊は二人目で、五歳の長男がいた。その子は今、詩有子の妹の理香子と小児科の外来へ行っていた。首筋に湿疹ができたからついでに、というわけだ。彼らが戻ってきて、私が医師にもう一本注射を受ければ、私たちはそろってライトバンに乗り込むことになっていた。私は年越しのために仮退院するのだった。

「もうすぐお正月だからうれしい」と姪がはっきりした発音で言った。そしてベッドの上の私の顔をじっと見上げていたが、私には、その子が物欲しそうにしているのがわかった。その子の髪は茶色っぽく、量は少なかった。明るい床に、両足を開き加減にして立っていた。午前中に清掃の人が回ってきたばかりだったので、その床は光っていた。窓から入る冬日がアルミのサッシやベッドのパイプに乱反射して、柔らかい縞模様をこしらえていた。私は林檎の皮をあたらしく取り上げ、口に入れた。すると、自然に口元が綻んだ。姪は我慢できなくなったようで、右の手を出して、「ください」と言った。林檎は青林檎だった。私は皮の一片を姪の手のひらに置いた。姪はそれを一度高くかざした。「葉っぱ」と呟いて、私の真似をして幼い歯で噛んだ。私はその姪に何か打ちあけておきたい秘密があったような気がした。姪はおいしいとも何とも言わなかった。ただ噛みしめるのに熱中していた。この子も、その母親の理香子のような、無色の印象の少女に育つのだろうかと思った。

　私が二十五歳で入婿してきた頃、義妹の理香子はあまり二階から降りてこない、無色の印象の少女だった。今はもうちがう。半時間前、男の手首を摑んで威勢よくドアを抜けて行った理香子は、立派な成人した女だった。市役所に勤める背の低い男と五年前に式を挙げて、実家のすぐそばに住んでいた。ほんの近くなので、詩有子は病院に来る前には託児所がわりに妹に息子を預けた。理香子が用事のあるときには、逆のこともあった。理香子はもう母親の機能という点で、詩有子と比べても遜色がなかった。

　昔は詩有子一人が母親をつとめていた。私の来るはるか以前から、母の欠けた家の中をあたり前に切り回していた。詩有子は和裁の専門学校に通っただけで、大学へは行かなかった。早い時間に起きて、煮物の匂いの立ちこめる厨房で菜箸の先を見つめていた。父と理香子の弁当を二つ、そして私が来たあとでは三つの弁当を並べてこしらえるのだった。私は聞いていたことがある。詩有子はそのときいつも小声で歌をうたっていた。そのたびごとにちがう、端ぎれのような歌謡曲。それも、リフレインだけを大事そうに繰り返して、愛がどうのこうのと言っていた。弁当を包んだ風呂敷の結び玉が三つ、りんどうの蕾のように天井を向いていた。私は心が熱くなって、自分は本当に詩有子が好きなのだと思い、同時に、もう逃げる場所がないときのような妙な焦りを覚えた。

冷蔵庫の脇の丸椅子に腰かけている今の詩有子はうたってはいなかった。ナイフを今度は赤い林檎に当て、そっと林檎の方を回していた。「葉っぱだって言ってるわ」と顔を上げて詩有子は言った。「そんなの食べさせて、理香子が帰ってきたら、ねえ」

「そうだね」と私は言った。「ほら妙ちゃん、こっちの、おいしいよ」と詩有子が姪を呼んだ。女の子はすぐに詩有子のそばへ行った。私は林檎の皮の最後の一片を、先に透かして見た。透き通ってその向こうに、何かを予言するような像が浮かんだりはしなかった。十年たったけれども、誰も不幸にならなかった。気抜けする程の距離がそこにはあった——今のこの時間と、たとえば海の底、たとえば離れ小島の地底めいた岩礁との間に。ここは居心地の良い病室だった。そして更に居心地の良いわが家へと、今日帰れるわけだ。「年が明けたら、西側の建物へ移るんでしょう」と、妻が言った。「もっと景色が良くなるわね。ここは隣の建物で見えないけど」「何が見える？」「さあ」「何？」「駐車場」

詩有子は皮を剥き終えた林檎を六つに切り、若竹色の皿に盛った。「皮が好きだなんて知らなかった」と言った。剥いた皮が、その横に無器用に添えられてあった。赤いぎざぎざの飾りものに見えた。私はそれも食べたいと思った。姪が食べてしまうのなら、それでも良かった。「駐車場じゃないだろう、ずっと港の方まで見えるさ」と言った。

病院は、町と港を見下ろす高台に建てられていた。しかし、その眺望は、屋上で日光浴をする時間にしか味わえなかった。私の勤め先であり、また義父が重役をしている駅前のショップセンターの、大型アドバルーンを私はよく見た。私は玩具売場の主任を任されていた。入院のため、欠勤は四ヵ月になっていた。そのように長く休んだことは、それまではなかった。身寄りのないまま育った私の静かな勤勉は、かつて義父の目を強く引いたのだった。「うちへ来ないか」と言われて胸が顫《ふる》え、はじめての、心の贅沢を知りたい気持になった。それは自分を晒すことだと思った。しかし保護されることで現実の感触がどのように変わるかを、私は知らなかった。売場にはいくつかの新しい玩具が展示見本としてじかに触れられるようにしてあり、ランドセルや算盤袋を持ってままの小学生がいつも群れにきた。玩具が動かないと、叩いて騒いだ。整理係のアルバイトの高校生はためらいもなく怒鳴った。「壊したろう。それ、お前、今壊したろう」そういうとき、私は立っているだけだったが、入婿間もない日、一目散で逃げようとして遅れた子供の肘を、「こらあ」と言って摑んだ。するとその肘が気味悪い程不自然な具合に曲がるので、私は驚いて手を離した。子供は痛いとも言わずするりと逃げた。理由のない、傷付けられた感じに心を浸しながら私はその子供を見送った。

その子供が逃げて行った、賑やかなショップセンターの長い堅い通路。私はかつて、そういった場面ではまるで平気だった。家も愛情も身の周りになかったときの私は、穢《きたな》い裸電球に照らされた自分の内側を知りつくしていた。私はおとなしく、強くて狡猾で、寒い風の吹く人間と人間の谷間を歩いても決して心を壊さなかった。私は人に親切にするのが好きだった。人のために順番を待ったり、荷物を両手に提げたりするのが好きだった。ところがひとたび自分のための愛情を買ったときから、私はその副作用で跪く変わりはじめたのだ。摑んだ子供の肘が不自然に曲がったことは一例にすぎない。些細な出来事、記憶にも残らない事件が、不可解な爪痕を私の内部に残すようになった。それは、傷もない皮膚から静かに血の染み出す感じだった。

ひゃっ、と姪が短い声を上げた。フォークに刺して、振るようにもてあそんでいた林檎が床に飛んだのだ。林檎は私の隣のベッドの下に滑って入った。あらあら、と詩有子がいいながら上体を折って覗き込んだが、すぐ頭を上げた。「取れないわ」と言った。隣のベッドは、パイプの骨組の上にマットが乗せてあるだけだった。その上に、私の肌着とガウンが畳んでそろえてある。姪が蛙のように身を屈めてじっとベッドの下を窺い、「あそこよ」と言った。私からは見えなかった。姪は四つんばいで、その下に入って行こうとした。「ちょっと、妙ちゃん」と詩有子が止めた。そのとき、ノックの音がして、若い医師と看護婦が入ってきた。姪は急に頭を上げたので、鈍い音をたててパイプにぶつけた。「あいて」と言って押さえただけで、すぐに泣き出しはしなかった。

「あらあお嬢ちゃんどうしたの、おつむ押さえて」と看護婦が私の腕をまくりながら言った。姪は詩有子のスカートの股間あたりに頭を埋めた。そして切れ切れの嗚咽を洩らした。「もう発作もないと思いますよ、お風呂はねえ、やっぱりまだ控えて、躰を拭くだけにして下さい」医師は詩有子に言い、私の左腕に注射針を突き立てた。私は呼吸を止め、それからゆっくりと吐いた。長方形の明るい病室が上下逆転して、すなわち吸音性の天井が床に、ベッドの並ぶ床の方が天井に見える気がした。窓が光っていた。「お餅なんかはね、お正月だとよく……」看護婦が言葉を継いで、食物についての注意を並べはじめた。詩有子はいちいち頷いて聞いていた。私の腕に浮き出た血管は川のようだった。循環するだけで、広いところへは決して注がない川。私は、人間は死んだら土よりも水になれば良いと思った。死んだら途端に躰が崩れて六十リットルの澄んだ水になれば良い。私は、しかし死ぬ予定はなかった。自分の病名もよく知らないのだ。ただ、年が明けたらもう一度だけ切開手術を受けることになっていた。若い医師は私の鼻先に面皰《にきび》のある顔を突き出し、そっと針を抜いた。「少しでも変ならすぐ連絡して下さい。お帰りになるのはこれからすぐですか」医師の面皰の一つは、小豆大の腫れを伴っていた。「はい。どうもお世話になりました」と私は答えた。

「うわあ、なんて暑いの、この部屋」と大きな声がして、義妹の理香子が入ってきた。理香子に手を引かれている私の長男はいつもの野球帽もかぶらず、眠そうな表情で目を擦っていた。医師と看護婦は理香子にも目礼をし、病室を出て行った。理香子は暑い暑いと言いながら、詩有子に渡された林檎を手摑みで齧った。パーマをかけた毛先がはねていた。「妙子何を泣いているの」母親にそう言われて娘は泣くのを止め、睨みつけるような目をした。「こわい目」それから理香子は、私の長男の湿疹の様子について説明をはじめた。理香子ははじめ高校生で、赤い縁の眼鏡をかけていた。結婚してからコンタクトにしたらしい。私は昔の方が好きだった。入婿した頃は、理香子は唯一の寡黙な家族だった。「人見知りしてるのよ」と詩有子は言ったが、理香子が口を開かないのは、姉や父に対しても同じだった。しかし静かに微笑んだり、じっと話を聞いていたりするのだった。小柄で、姉よりもさらに色白だった。私とちがい、注がれる愛情に対しての受け止め方が発達していた。それは本能的なものかもしれなかった。私は愛情に慣れないので、つい欲張って過食してしまった。妻と義父の与えてくれる思いやり、保護をすべて胃の中に入れ、詰め込んだ。その一かけらも捨てることはできなかった。あげくの果て、私は不思議な不眠症になった。茶の間の柱時計の刻み、妻の健やかな寝息、奥で一人休んでいる義父の低い咳のふるえ——それら暖かい家族のけはいに身を漂わせながら、私はいつまでも天井を見続けた。そういうとき、真上の空間から秋虫の羽音のようなかすかな深夜ラジオの声が染みてきて、私の心は妻よりも義父よりもこの家の中で二人きり目覚めている、もう一方の相手に自然につながっていった。理香子はまだ起きて何をしているのだろう、と思う。私は二階に上がったことがなかった。両側が土壁の、黒い木の階段が、私を寄せ付けない急な勾配、ある端的な拒絶に思えたからだった。勉強を見てあげようか、とやっと言ったときも、首を少し傾け、いいの、とだけ言って理香子は二階に駈け上がった。私は天井までぬいぐるみの詰まった巣のような部屋を想像した。私は昼間も理香子のことを気にかけはじめ、ある日、彼女の小さな秘密を知った。それは私を針金で縛りつけるような気分にし、他方、私の中で理香子を希望めいた妙な存在に変えた。理香子はそのうち家を出る、と私は確信した。私がはじめて家族とともに過ごした、脳が柔らかくアルコールで痺れるような幸福な正月が済んだ頃、寒い暗い朝に本当に理香子は家出した。しかし私は裏切られた。理香子はその日の夕方には戻ってきたから、誰にもそれが家出だとはわからなかったのだ。ただ、私だけが知っている、それはまぼろしの家出だった。私はそのことを、病室のベッドの上で幾度となく考えた。

「だめよ、太郎ちゃん、掻いたらだめ」と、理香子が言い、指を首筋に這わせている男の子の手首を払った。男の子は気をつけの姿勢で、みじめに口元を歪めた。「そうよ、太郎」と詩有子も言った。私は姉妹の顔つきが、今まで気付かなかったところまで似ているのに驚いた。理香子は娘を抱き上げた。「こんなに暑くってよく平気ね」と言い、娘の額の髪を手で揃えた。それからベッドの上の私に向かい主婦らしい深いえくぼをつくって、「お兄さん、お花がありますよ」と言った。私は意味がわからなかったが、美しい言葉なので、うれしく感じた。「冷蔵庫の缶詰、たくさんあって困るから、持って帰って」と、姉が妹に言った。私は座ったままブルーのワイシャツを着、つぎに詩有子に支えられながらズボンをはいた。体力はあるような気がした。ベッドの下の林檎が気にかかったが黙っていた。「じゃあ行きましょうか」と詩有子が言って紙袋を持った。私はもう一度病室を見回した。——私は部屋の隅のヒーターが絶えず熱風を吹き上げ、消毒された空気を静かにかき回しているこの病室にはもう帰れないということを思った。

自動販売機のある一階ロビーで時計を見上げると、午後三時を過ぎたところだった。詩有子は小走りに受付に行き、何やら頭を下げていた。ロビーの長椅子には、見知らぬ老女が二人座っていて、その一人はうつむいてゆで玉子を食べていた。理香子と姪は、先に出て行った。ライトバンを運転するの理香子だった。私は太郎に、お父さんは薬の匂いがするかと聞いたが、太郎は嗅ぎもしないで首を振った。

大型のガラスのドアを出るとき、詩有子は私を支えるというよりも、ただ寄り添うようにして腕を取った。「うれしいわ」と言った。私は照れ笑い、いまさらのように私の人生など私を大切にしてくれる人のスポンジに吸い取られてしまえば良いと考えた。顔や首の皮膚に、さっと冷たい冬の空気が触れてきた。脚が、石のようにすくんだ。病棟の西側が駐車場になっていた。薄い黄味を帯びはじめた冬日があふれんばかりに、フェンスや、七、八台程の色とりどりの車や、地肌を見せた斜面の上に注いでいた。屋上からに見える程広くは、町は見渡せなかった。私は植え込みに目を落とした。私はしゃがんでしまいそうになった。「どうしたの」と妻が聞いた。「いや、靴を履いたの、久しぶりだから、ちょっと——」

「お兄さあん」と、理香子のよく伸びる声がした。ショップセンターのネーム入りのライトバンを背にして義妹は歩いてきた。胸に、名前のわからない桃色の花束を抱えていた。「退院おめでとうございます」理香子は少女めいた、しかし人工的なしぐさで私にその花を押し付けた。淡い、繊細な香りがした。「これは何という花」「さあ、そこの花屋で売ってたから」「嘘だろう、その辺りに咲いてたの、盗ってきたんじゃないか」私は明るく言った。「どうして」と言い理香子は私の袖を叩きかけた。日溜で、私の子供と理香子の子供が手をつないでいた。アスファルトの、新しく塗られた境界の線の上を、綱渡りのようにずっと歩く遊びをしていた。「さあ、車に乗って」と詩有子が促した。私は妻の、膨らんだ腹部にそっと手を当てた。いきものが動く感じはしなかった。「景色が見たいんだ」と言って、私はライトバンの助手席に乗った。

乗り込もうとして、詩有子に肩の辺りをそっと押され、私は妙な筋肉に力を入れてしまった。ざらざらしたビニールのシートに手を置き、まだ動いていない車のフロントガラス越しに、低い位置に延びる道路やトタン屋根や鉄工所の看板などを見据えた。さあこれから家に帰る。しかし躰がだらしなくほどけてしまわないかという不安が私を満たした。実際に、私の深いところで何かが叫び声を上げ外側に吹き出ようとしている徴候があった。後部座席に詩有子と子供二人が座り、理香子は運転席にきた。私の方を見て、「顔色がよろしいわ」と義妹は言い、キーを回した。

顔色を見る能力、それを私は大切なことのように思う。「そうかい」と私は咄嗟に答え、理香子が今の私を見ようが見まいがどうでも良いと考えた。車は水たまりをくじり駐車場の中で方向を変えた。守衛所の横を滑り出て、電柱の多い真っ直ぐな坂道を下った。バックミラーを覗いたが病院の五階建の建物に夏のにようなかげろうが揺らめいているさまは見ることができなかった。弾んだ声で、後ろから詩有子が言った。「おじいちゃんが、組合の市場で鯛を買ってるはずよ、尾頭付きの大きいやつ」「へえ」「一万円でも、二万円でも買ってくるって」それを聞いて太郎が寝覚めの鶏のような声を出す。「どのくらいの大きさ、ねえ、どーのくらい？」「このくらい」私は妻の方を見ないのに、その両手で示された大きさを知り、またかつてその鯛を間近に見たことがある気がした。義父が私のために鯛をさがし、茶色のジャンパー姿で魚の血のしみの幾重にも重なった港の市場をうろついている様子を思い浮かべた。「昔ね」と私は話しはじめた。それは誰に聞かせるための言葉でもなかった。「結婚式の二日程前、この道を通ったよ」車は駅北の交差点をすでに左折して、市街のはずれにひろがる野原の一本道を進んでいた。「僕一人で引っ越しトラックを運転して、荷物やなんかいろいろ、運んできたとき」あのとき、と私は思った。やはり義父の痛いような歓迎があったではないか。私は道すがら、その歓迎を予感して、自分が自分でないような晴れがましい気分でいた。私は憧れ、決意していた。トラックのラジオの音量を最大にまで上げ、窓から冷たい風をいっぱいに入れて記念すべき日にいる自分を際立たせようとした。私を包み保護してくれるはずの義父の大きな手、妻になる人の母のような肌のことばかり思っていた。今も同じあの野の果ての、空を突く山に斜めに巻き付いているドライヴウェーの線、また鳥の飛ぶ空、太い鉄管状の施設が複雑に入り込む食品工場——それらに私は、遠い旅をしてきた人のような疲れて潤んだ視線を投げたではないか。

あのとき私は早く着けば良いと思いスピードを上げた。しかし今理香子が運転しているライトバンは、目的地に向かってるのがわからない程ゆっくりと進む。だから振動も少なく、加速度により背もたれに押し付けられることもなかった。私は、自分は長い間大切にされすぎてしまったと思った。それで病気になった。躰を切られ、躰の内側を見られた。「運転がうまいね」と私は呟いた。横でハンドルを握っている理香子は汗ばんでただ前を見ていた。「あら」「免許取ったの、いつだったかな」「妙子が生まれる前ですよ」「誰かの見て覚えた」「どうして？……教習所へ行きました」

私は理香子の、洗いざらしてマニキュアもない指が結婚指輪で締め付けられている様子を見つめた。理香子の指を見たりするのは、はじめてのことだった。こうして、二人で並んで同じ方向を向いている状態も、かつてなかった。しかし私は今の理香子、これから年を取りしあわせを溜めていく彼女には関心がないのだ。私の膝の上には首の長い桃色の花がリボンで束ねられてあったけれども、それは私の心が理香子とどこかで通じ合ったことを意味しているのではなかった。顔を上げると、車は川岸の堤防を走っていた。横に見る中州はひしめきあう針金のような草で覆われていて、いちめんに冬の枯れ色だった。市街と海と倉庫群は前方にあり、弱い太陽は斜め後方にあった。家が近かった。休日に、義父と散歩に来る辺りだった。義父は持病だらけの躰なのに、いつも潑溂としていて衰える様子がない。それは、不思議な程だった。やがて車は列車の見えない鉄橋をくぐった。廃棄船が、入院前と同じ姿を砂利の川原に晒していた。この川が湾に交わる港のはずれの人気のない辺りに長い橋がかかっていて、それを渡り振り返ったところに私の帰る家があるのだった。そこはもう、見えてきそうだった。

十年間暮らして見慣れた風景はしかし私に身近なよろこびを呼び醒ましはしなかった。私は遠い日の朝の習慣を思い出す。七時二十分炊事を終えた冷たい手で詩有子が私の頬に触れ、私は起こされた。私が食卓で一人味噌椀を掻回しているその横の廊下を、透明な声を上げて高校生の理香子が過ぎた。「行ってきます」その言葉は、いつも私の中で美しい乱反射を生んだ。私が立ち上がり靴を履くのが七時五十分。そして私はライトバンを出し、今度は橋のたもとのバス停に棒のように危うく立っている義妹の影を追い越して行くのだった。義妹の方では、私が横を行き過ぎたことはわかっていても、私のライトバンが橋を越えてすぐの磯料理屋の死角に停車して冷えた希望の視線を送ってくることまでは考えなかった。間の抜けた獣の顔をした地方鉄道会社のバスが現れても、彼女は乗らなかった。

橋はそのとき静まりかえる。野の方へ、大きく弓なりになって延びて行く土手、灰色をしていて装飾のない欄干、対岸の家々や商店の屋根――それらは一つの箱庭のように整って、同じ朝の大気の中にあった。やがて、理香子が短い歩幅でバス停を離れた。思い込みのない、朗らかな様子で橋の半ばまで来た。そして彼女が立ち止まり朝日の入江に顔を向けたときに、息を殺しながら私は心の中で言う。「ああ、あの娘は不幸になる——」彼女は眼鏡を外してケースに入れる。そして学生カバンから、数十分前に母親代わりの詩有子が詰めた愛情籠もるオベントウを取り出し、四メートル下の動かない水へ、砂を捨てるようにさらさらと捨てた。

……私は妙に澄んだ気持ちになるのだ。水音までは届いてこなかったし、その波紋もこちらからではわからない。しかし、それは本当にさらさらと光って落ちた。そのあと、時速八十キロの車体の低い外車が私の前を通り、橋の上で理香子を拾って高校とは逆のでたらめな方角へ消えて行くのを私は見届ける。それから煙草を一本だけ吸い、アドバルーンの揺れる市街めざして出勤するのだった。詩有子や義父が、いかにこの娘を大切にしているかを、腕時計をふと見やるように私は思ってみた。私は理香子を追ったり話しかけたりは決してしなかった。それはある明瞭なあきらめであり、遠くに投げられた冷たい希望の習慣なのだった。そして私の愉しみは、ショップセンターの昼休みに石油ストーブで沸かした熱い茶とともに弁当を開くことだった。その朝理香子がどういった内容の愛情を捨てたのかを確認することだった。隅に兎の形に皮を飾られた林檎などあれば、私にははるかな海の底をその兎が這っているさまを思い浮かべることができた。

私はいつの間にか自分の胸を、というより開きそうになる躰のファスナーをしっかりと押さえていた。「顔色がよろしいわ」という言葉がひっかかっていて、私はもうどこへも逃げ道を求められない気がした。安全運転をしようと、理香子は変わらず前だけを見つめている。私にはもうその成熟した女性らしい頬、母親らしい膨らんだ横顔に問いかけたい言葉がなかった。ある冬の朝、まだ誰も起きていず部屋も廊下も冷えきった闇を漂わせている時間、私は階段を降りるひそやかな足音を聞いた。障子の隙間に、一瞬赤いボストンバッグがちらつくのが見えた。しばらくして離れて行くエンジンの音が聞こえ、それが義妹の永遠の巣立ちなのだと思った。私はじめてこれから遠い巷で不幸になりゆく義妹のために泣き、せめてその部屋のありさまを見ようと寝間着のまま二階へ上がった。十八歳の理香子の部屋は何もなかった。木机と、消えたストーブがあるだけだった。

そして今私の内側には何があるのか――それを思いつめないのが、病人としての私のつとめなのだ。「あっ、おじいちゃんだ」と後部座席の妙子が叫びを上げた。「そうねえ、あの橋のところ」と理香子が言った。「手を振っているわ」「これ、そこを掻くのよしなさい」と詩有子が言った。モンキーのフロントガラスの飾りも揺らさず、ライトバンが静かに止まった。私たちは車を降りた。河口から入江にかけて、水はたっぷりとしていて薄黄色く淀んでいた。大雨のあとに私がコーキング剤まみれになって修繕したその屋根も、そびえているとは言いがたかったが、向こう岸の冬日の中に堂々としてあった。「おじいちゃあん」と声を上げ妙子が土手を駆け出した。太郎も本能的にそれを追おうと飛び出し、不意に私に肘を強く摑まれて呻いた。

千枚漬

赤い樹

雲が集まって、空は、柔らかい肌をしていた。光の道が剣となり、その空のある区画に何本も突き立っていた。それは肌寒さを誘う色彩だった。透き通るような緑の小さい葉をたくさんつけながら、道端に立つ樹の幹は少年の脚のように細いのだ。雨の季節の、雨の降らない休日の午後だった。坂道の両側には肩幅の狭い一戸建ての家々が並んで向き合っていた。どの家にも車があった。暗い車庫があった。

宮島先生の家はまだ先だった。高圧送電用鉄塔のふもとまで行かなければならない。今はその一部だけが見えている。地図などなくても、目印を覚えていた。これから果樹園が見えてくはずだ。白い犬が駆けた。汗が耳の裏に溜まっていた。

敏男は、五年前に来たときのことを考えた。級友が大挙して、遠足のように列までなしてこの坂を登ったのだ。先生の奥さんは中学生たちのために西瓜を切り、いくつもの黒い盆に並べて下さった。皆、歯が冷えると言い合いながら食べた。歯がひえる。あの頃、自分の肉体的な変化に対して毎日驚かねばならなかった。みんなはどうだったのだろう。手と足に生えてきたのは木こりのような剛毛だった。顔も変わった。自転車で野エンドウの群生する水路に突っ込み、それを契機として筋肉の張りのバランスが崩れ、それで変わったのだ。彼は父親より祖父に似て来た。そしておそらく、もっと写真の曽祖父に似て来た。

形質の遺伝の発現は、少なからずゲーム的要素を含むものだ。「敏男は誰々に似て来たなあ」という話題は近親の大人たちの絶好の茶飲み話――話がないときに探してきて二分でも三分でも場をつなぐ機能を持った――になった。誰もそんな話を本気で、熱を込めてしたりはしない。父親は数少ない部下たちのために生きていた。祖父は温泉と夕刊の連載小説のために生きていた。成長という現象は、彼固有の、一人で背負うべき問題だった。

問題を背負いながら中学生の敏男たちが食べた西瓜は水っぽかった。それで、量と食べる速さで補わねばならなかった。宮島先生は自分では食べずに縁先で笑って見ていた。一人の頭の良い生徒と将棋を指していたのかもしれない。夏の日で、裏のブロック塀越しに見える果樹園の低い樹々や、隣の家の軒下には陰鬱が深かった。

宮島先生は身体の小さい社会科の先生で、年配だった。授業をしながら変なこと、すなわち性的で無難な冗談をよく言った。笑った顔は石仏のようだった。資本のない日本は戦争をしても絶対に負けるから、始めから戦ってはならない――敏男がそう発言したとき、先生は教壇で手を後ろに組みオウムのような不思議そうな顔で彼を見つめ返した。それから先生は何かを言った。とても優しい言い方だった。先生が何をおっしゃったのか、十九歳になった敏男は思い出せない。ただ、そのとき教室に漂った優しい雰囲気、クラスの誰もが膝をそろえて心で聞いている美しい気配を、覚えている。

その宮島先生に、五年経って弟の良が怪我をさせた。

十日近く過ぎ、起こったことは起こったこととして処理され、先生も二日後には退院した。集団的な暴行ではなく、大きな騒ぎにもならず、既に周囲は落ち着きを回復しているらしかった。しかし敏男にとってはやっかいはこれからだった。祖父も父親も東京杉並の彼の下宿に電話を掛けてきて、おまえも謝りに行けと言う。家族はもう何度も病院や学校に足を運び、ことを済ませた。宮島先生は元気で、かつての受け持ちの敏男が教育学部に入ったことを聞いて、懐かしい、一度話がしたいとおっしゃったそうだ。先生の側に私怨の残っているはずはなかった。「おまえが行け」電話口で繰返されると、その言葉は運命的な諦念を誘った。敏男は良の最も年齢の近い肉親であり、しかも教育者の卵なのだ。弟は治療を要する哀れな患者だった。大人たちが対話し、手を結んで処方を考えてやらねばならないのだ。

具体的な事件の像は敏男の頭の中に結ばれなかった。二十歳を前にして、やはり彼の問題は自分の成長、大人としての程度だった。日曜日の朝、開店間もない百貨店の地階で彼は和菓子を買った。老舗の、千円二千円どころではない高級詰め合わせである。精密な多くの工程を経てこの世に現われたらしい上品で芸術的な甘味菓子が三種、木箱の中を彩っていた。それは、かなりの量があった。店員の女の人は小さく可愛らしくて、慈悲深い感じがした。それから彼は特急に乗った。春の入学以来初めて戻る郷里の盆地が見えてくると、文庫本を膝に置いた。子供の使いのような軽い気分が次第に変質して苦しくなっていくのを感じていた。家には寄らず、私鉄の支線に乗り換えて直接宮島先生宅へと向かった。盆地が平野の方へだらしなく口を開くあたりの、緩い勾配の上にひろがる新しい住宅地だった。

坂道を登りきり、湿った石垣に沿って曲がった。未整備の公園用地で小学生が遊んでいた。彼らの足もとで、首の高さのそろったアレチノギクが揺らめいている。見ると、誰かのプラスチックのピストルが踏み砕かれて打ち捨ててあった。水銀のように光る小さい球が砂の上に散らばっていた。夏がまだ来ないのに、子供たちの半ズボンから出た手足はあんなに黒い。そしてあんなに細い。それらの中に血管や骨や組織が詰まっているとは思えなかった。ボール紙で作って色を塗った工作のようだった。敏男は少しネクタイを緩めた。五年前に来たときは道路のアスファルトもこんなに継ぎはぎだらけではなかった。あの遊んでいる子供らも乳母車の中に棲んでいたのだ。若い夫婦が多く集まって住む地域社会では、腹這いでおむつを当てた年少者たちがいくらでも出て来て小学生たちの成長を追いかける。正しく車間距離を取った、流れるような追跡だ。敏男もそのように、近親の年長の子供らを追跡してきた。しかし――気が付くと、前にも後ろにも異形の、見も知らぬ顔が無声の笑い声をたてていて、彼は立ちすくんでしまう。童貞のまま、ネクタイをして、和菓子の袋を下げて、重い革の靴を履いて。

五年間で、彼は大学に入り酒場で散々春歌を聞かされた。予備校時代から好ましく思っていた瞳の澄んだ西倉令子は社会人と付き合い出し、来春には学生結婚するという噂だった。弟は中学校に上がり彼のかつての恩師を傷つけ、また兄弟の父親は生きるか死ぬかの大手術をした。その手術の跡は父親の腹から胸へ、つる草のように絡みついている。敏男には、予想のつかない異質なものが、時間とともにあくのようにこの世の表層へ浮き出してきているとしか思えない。彼は占いの本をアパートに十冊近く買い揃えていた。熟読した結果を統計的に考えて、どの方式の占いも少なくない欠陥を含むものと判断せざるを得なかった。それらの言うような好機、身を投じる価値のある賭など、この停滞の季節にはどこにも探せそうになかったからだ。

目印の鉄塔が近くなったのか、視界から消えた。しかし風景は見覚えのない単調な住宅地が続くばかりで、果樹園は行けども行けども見えてこなかった。これと決めて入って行った道は通りぬけられず、メッキのかかった行き止まりの家の表札だけがむやみにぴかぴかと輝いていた。誰も歩いてはいなかった。敏男は怪しんだ。昔、美術の抽象画の宿題で内側から見た茄子の絵を描いた。限られた白っぽく黄色い均質の宇宙に、薄い色の細かい種が意味なく整然と散っているだけの絵だった。その絵を離れて眺めた印象を、眼前の風景が唐突に思い出させたのだ。

汗が、彼の胸の皮膚とシャツの間に冷たい層をつくっていた。気温は高くなかった。道路の端の暗渠化された排水路に、ざあっと水の流れる音がした。こんな時間に風呂を流している家がある、と思った。次第に濃く危うくなって行く雲の色が、そのまま地面に落ちていた。敏男は、土産の品を先生に差し出すときのことを考えるのがいやだった。儀礼の陥穽が彼から彼の声を奪うだろう。

頭のてっぺんの、絶壁の角あたりから声を出して、対話はとんちんかんな方向へ流れるだろう。教育学部を受験したときの所信はノートに書いたわけではないので思い出せなかった。

彼には自信がなかった。自分は未熟と迷妄を脱しているだろうか。それを思うと、先生の家になかなか辿り着けないのも不思議ではないような気がした。数分ののち、敏男は当初目印にしていた鉄塔の真下に予期せず出た。彼は一瞬で騙されていたことを知った。

その鉄塔ではなかった。果樹園に囲まれているどころか、その鉄塔は四ツ角の一角を占めて見知らぬ家々を見下ろしていた。正方形の鉄のフェンスに囲まれ、白い砂利の上に四本の太い脚でそびえたつ姿は圧倒的だった。隣の鉄塔と勘違いしたのだろうか？　先の方に、黒い獰猛そうな鳥が飛来して止まるのが見えた。

夕方にはまだ時間があった。確かに覚えている坂道のところまで戻ることにした。来た道に再び歩を進めながら、ほんの数分で道や家々の窓や、路上のシートを掛けた車などの印象が驚く程変わってしまっているのに気付いた。ふと目を留めた地方選挙用の掲示板には番号だけが打ってあり、ポスターは一枚も貼られていなかった。しみのたくさんある板だった。暮らしを良くする××党をよろしく！　そんな風にすぐ後ろからスピーカーで叫ばれたら血が凍りつくような恐怖を味わねばならないだろう。その想像に彼は身を硬くした。

弱々しいあじさいが花をつける、狭い庭の前を通り過ぎようとして敏男はふと立ち止まった。その家の二階の物干で、青いエプロンをつけた女の人がゆっくりとした動作で洗濯物を取り込んでいた。何枚ものシーツをたたみもせず小柄な身体に抱き止め、ときおり空の方を眺めやったりする。持てるだけ持つと部屋の中に消え、すぐに手ぶらで出て来て今度は靴下や下着などの細かい物を集め出すのだ。髪を後ろでくくったその人の表情は意外なくらいあどけなかった。自分と同い年か、もしかすれば年下かもしれない、と敏男は思った。彼はその人から視線が外せなくなった。

腕の線がふくよかで、健康そうだった。子供はいるのだろうか？　誰かがあの人に襲い掛かったとしたら、夫なる人がそいつを殺しに出て来るのだろうか？　ともかくも――

風が道に沿って吹いた。敏男の心の内側から、しつこく居座っていた大きなかたまりが今、するりと抜け出たようだった。寒かった。あじさいの横を彼は歩き出した。彼は宮島先生宅への訪問を中止することに決め、駅の方へと坂道を下りて行った。そのあと、空が震えて、静かな雨になった。

一時ブラウン管を席巻したあるコメディアンの大きな顔が、そのまま現われたように思った。しかしその本人であるはずがなく、フラッシュのたかれたような一瞬の印象はみるみる小さくしぼんで、目の前の人はありふれた丸メガネの普通人に成り下がった。午後八時、渋谷駅二階通路の雑踏の中だ。ひよこを籠に入れて両手にしっかりと持った、小さな女の子がその人の後ろで見え隠れしていた。

「これ、忘れましたよ」

敏男の前に見覚えのある百貨店の紙袋が突き出された。おじぎをすると、ほんの一秒で男の人は離れて行った。そのあとを、ピンクの短いスカートを履いた女の子がぴったりとくっついて行った。彼らの歩きぶりは、善行を善行とも思わず、もしかすると悪行を悪行とも思うことのない底抜けの明るさを秘めているもののように思われた。彼ら二人の間で使用される暗号は一生かけてもわからない。自分は巧妙に騙された。と敏男は考えた。そして、その優しい親子にありがとうを言った。

それから敏男はキャベツのたくさん入った焼きそばを食べた。三百五十円だった。彼は危うくその店でも隣の空いた椅子に置いた和菓子の袋を忘れるところだった。外では暗い何も見えない空から霧のような雨が降っていた。帰り着き、新聞受けを探ったが、日曜日だったので当然手に摑むものはなかった。

入り口の板間に立ち、あらためて電灯の中に浮かび上がった六畳の部屋を見回して、生活を楽しむための調度を数え上げ、点検した。ミノルタ一眼レフカメラ、十四型リモコン付きテレビ、ソニー製小型コンポーネントステレオ。テニスラケット、机の上のポケットコンピューター。レコードは本棚の最下段にぎっしり色とりどり並んでいる。その中には、西倉令子の五月の誕生日に渡そうとして果たせなかった思い出の一枚も入っている。彼女はその日、学校に来なかったのだ。そして、ベッドの脇に積み上げられた、三ヵ月分の少年漫画誌。それらはすべて、氷河期が訪れ五メートルの積雪に東京が埋まってしまったならば捨てて逃げるべき物どもにすぎない。

水を飲むと金属の味がした。今日一日は、空手の型を復習するのに費やすべきだった。彼は身を横たえた。今日見た風景の断片が乱舞して彼を襲った。敏男は無防備で耐え、傍らで、いつか自分が教師――小学校か中学校の教師になった日に、教室全体を気配で包み込むことができるかどうかを考え続けた。

鉄塔が倒れてきた。ちがった。電話のベルが鳴っていた。

「もしもし、もしもし、敏男か」

「はい」

「もう寝ていたのか」

「まだだよ」

「宮崎先生のお宅へは行ったのか」

「宮島先生」

「いつ行くんだ？　もしもし」

「来週になったら。忙しくて、ここちょっと」

「そうか」

父親の声はどんな友人の声にも似ていなかった。大病を経験し、点滴を受けすぎたので震える声に変わったのだった。

「あのな」敏男はそこで故意に受話器を持ち替えた。それで、父親の言葉のある部分を聞きとばした。「——いんだ」

「え？」

「それで、名簿見て友だちの家やなんかに電話かけて訊いたんだけれど、わかりゃしない。昨日は土曜日だし私も気にかけなかったが、明日は学校だろう。またあの教師に呼びつけられるのはたまらない」

「良のことだね」

「教頭だよ。家が留守だと会社まで電話してくる。教育熱心だか何だか——成績を上げるためにやってるんだな。あの先生には習ったか」

「今の教頭先生が誰だか知らないよ」

「ふん、でもな、大変なんだ。良はね、気の小さい奴だから脅かされたりすると変なこともやってしまうときがある。けど、宮島先生のことは反省しているし、本人も、私と先生の前で手までついて謝った。反省のできる子なんだよ」

「あいつ、帰らないんだね?」文字盤が蛍光色の目覚し時計を見ると、針がきれいに重ねって一本だった。

「誤解されてなあ、おかしくこじれてしまうのが一番悪い。人に迷惑かけない分にはゆったりとした態度をとってやらないと、後々まで響くんだ」

「ねえ、もしもし、書き置きなんかあったの? あいつの部屋の様子は?」

「ああ、電話が遠い」父親は受話器をいじくっている様子だった。「よく聞こえないよ」

「良は、バスケット部の練習、ちゃんと出てるみたい?」

「それは出てる。洗濯物でわかる」

「だったら大丈夫だと思うよ」

「何がだ」

「悪い奴にはならない。ちょっと今やんちゃにしているだけじゃないかなあ」

「ふふん」父親が敏男の言ったことをちゃんと聞き取ったかどうかは不確かだった。敏男は中学校の体育館の床の、裸足の裏に吸い着いてくるようなひんやりとした感触を思い出した。二十歳を過ぎると、自分も批評家の免許を得て、ビー玉のような目になるのだろうか?「しかしな」と父親が言った。

「前まで英語だけは一番だって言ってたろう。この頃はどうなんだか、成績を見せなくなった」

「そう」

「付き合ってる奴が良くないんだろうな」父親は受話器を遠ざけて、しばらく咳込む。そして、ますます震える声で続けた。「敏男はどうだ、勉強の方は」

「大丈夫だよ」

「そうか。こっちは、おじいさんもだいぶいい。腎臓は正常だそうだ。心配ない」

「そう」

「宮崎先生は、手紙を下さったが、とても達筆だった。立派な先生だと思うよ。本当に申し訳、あれ、ちょっと——いやいや何でもない。玄関で音がしたから、良かと思ったんだ。ちがうちがう——」

殺虫剤会社ベテラン社員の父親の声は、次第に雑踏の中で遠くなっていった。五分後、「家にも寄るんだぞ」という言葉を最後に相手は通話を切った。敏男が手のひらを見ると汗ばんで真赤だった。事故だそうだ、と父親が良の事件を最初に伝えてきたとき確かに言ったのを、彼は今思い出した。狼狽しやすいのは血筋だろうか？　そしてその狼狽をひととき限りの分別と威厳で保護するのも。

敏男は座ったまま器用に着替えた。遠隔操作でテレビをつけたが、どの局も悲しげなコマーシャルばかりだったのですぐに消した。月曜日は八時三十分から講義がある。父親とは異なり、死はまだはるか彼方の問題だった。教訓によると、当面の勉強が保障するものは後で意外だと思う程大きいのだ。

眠りに入って行く前に、彼の意識は再び渋谷駅の親子と出会った。女の子は籠の中のひよこと同じ大きさで、見分けがつかなかった。彼女のお父さんは確かにコメディアンだった。小さい女の子はそのことを最大に誇りにしている。溶けて行く意識の中では、その抽象的な「誇り」までが形をとって、鮮かな色の風船のごとくに視覚に訴えてくる。「付き合ってる奴が良くないんだろうな」そう聞こえてきた。その声は渋谷駅の親子や震える声の父親のものではなかった。敏男自身の声に、最も近かった。

もう一日は終わっていたし、報酬として暖炉のような眠りが与えられるはずだった。しかし四十分後、敏男は再びＧパンを履いて、細かい雨の花粉の舞う路上に出なければならなかった。灰や薄青のシャッターを閉ざした商店街は上から覗き込む街路灯の列の下に静まり返っていた。路面は反射で美しかった。缶飲料の自動販売機の光を映して、夜の小川のさざなみのようだった。スナックの脇に寄り添うように置かれたポリバケツから生魚の臭気がひろがっていたけれども、さほど不快には思わなかった。

一度眠りかけた目に幹線道路の光の束は眩しかった。歩道の幅は雨傘の幅と一致している。歩きながら敏男は、この数年間いかに弟のことなど考慮外に置いて生活してきたかを考えた。私立男子高校の三年間は、男であれ、とただ自らに念じながら過ごした。同じ要請を自己に課している五歳年少の少年が同じ家の中にいることに、何ら注意を払わなかった。弟は気配を隠すのがうまかったのだろうか？　記憶の中に生命感ある弟の姿を捜すとすれば、遠い子供時代まで溯らねばならないのだ。

郵便局の前のガードレールに腰掛けていたその人影はすぐに立ち上がって手を上げた。予想していたより体格は子供っぽかった。はやりのふうに、頭の後ろと横を刈り上げていた。傘をさしていないので、軍服のようなだぼだぼのズボンの腿のあたりが黒っぽく濡れていた。

「やあ、兄ちゃんごめん、金は?」

良は笑みを浮かべた。手のひらを、しきりに尻のところでぬぐっていた。こいつは誰に似ているだろう。

「まあ、うちのアパート来いよ」

「ごめん、本当に。でも、金だけ貸してほしいんだ。急ぐから」

「まあ来いよ」敏男は背を向けて歩き出す。しかし弟には兄の後ろを黙ってついてくるかつての習性は失われてしまっているらしかった。代わりに声が飛んだ、「ちょっと待って」

「なんだ」

「明日には帰るから、その金だけでいいから」

「だから金はやるよ。今日は泊まって行け。それともどうする気だ」

通りの向こうでは今しも持ち帰り弁当屋の灯りが消えた。「連れがいるんだよ」と弟が言った。黒い車体の大型バイクが速球のように彼らのいる歩道の脇を走った。

「何人？」

「一人だけど」

「東京、一緒に来たのか」

「そうだよ」

「二人くらいなら大丈夫だ。呼んで来い」

弟の表情が卑屈な子供のものから不敵で劇画じみた様子に変わった。敏男はそんな表情の弟を見たことがなかった。良はポケットに両手を入れ、兄を下から睨み付けた。「女なんだ」

「女って」敏男は視線を真っ直に伸びる歩道の彼方に投げた。「どこにいるんだ」

「そのへんに座ってるよ」

「どこ」

「本当に困ってるんだ。兄ちゃん、もう電車ないし、帰る金もない」

「中学の娘か」

「先輩なんだけど、今高校に行ってる」

「ふふん」敏男は、自分の頬が紅潮してくるのがわかった。針で突けば穴があき空気が洩れるだろう。しかし、それじゃあだめだ。

「かまわないから連れて来いよ」

「もういいよ」と弟は言った。「どうにかする」

そのときだ。郵便局の駐車スペースの奥の闇から第三の人影が立ち上がってこちらに来るのを敏男は見た。近付くにつれ、その人影は限度を越えてあまりに威圧的になった。淡い黄色の木綿のスカートを履いていた。身長が百七十五はあった。良が、叱りつけるような短い声を発した。しかし、その声に相手は反応しなかった。敏男に向かって、おそい動作でおじぎをした。半袖のブラウスから出た腕は、少年の太腿程もあった。

敏男は眼前の若い男女を見比べた。女の方が容積で倍はあるのに、男を矮小にしてしまうことはなかった。良は照れたり羞じらったりはせず、英雄のように胸を張っていた。気迫をそらせるためには、大学生の敏男の方が姿勢を斜めにしたり、腰に手を当てたりして工夫せねばならなかった。

霧雨が、大きな少女の髪に降りかかっていた。体格は規格外だが、その髪も顔かたちもよく整っている。敏男は良に雨傘を無言で渡した。弟はその傘を恋人に、押し付けるように渡した。それも無言だった。少女は驚いたような表情をした。

「困ってるんだ。もう遅いし、疲れているし、金も使っちゃった。あと一万円残っていると思ってたら、それがなかったんだ」弟は状況説明を繰り返した。寛大でない人間を寛大にする効果を狙ってか、最後は息を吐くように言った。

「本当に」

金を渡せばこの二人はどこに消えるのだろう？　女の子はしゃべらなかった。一人で暗闇に待たされるのが心細い少女なのだ。弟は答えを待っていた。自分の兄を、教育する立場の者と心得てはいないようだった。敏男は子供たちに、そして同時に自分に、心の平安を与えてやりたかった。横を走る車のヘッドライトを浴びているうちに、二万でも三万でも渡してしまえという気になった——実際、金を貸してくれと電話を受けて、ありったけの三万円をポケットに押し込んで来たのだ。

敏男は少女の胸まわりが見たこともない程豊かでたくましいのに気をとられた。特別の栄養、という言葉が不意に浮かんだ。夜は遅かった。不味い鶏肉を噛み締めているような気分に襲われ、次に腰から下に例の変調があった。世の中のことを熟知した年長者の顔で、その場はこう言った。

「馬鹿野郎、金は持って来てないよ」

弟は、また少し笑った。小さい声で、少女と短い会話をした。敏男には聞き取れなかった。しかし、相談というより決定を伝えているだけに見えた。

大学生の敏男は机の前の回転イスに、弟たち二人は低いベッドに並んで腰掛けた。座高は良にとって不利だった。窓から雨の粉が舞い込んで、薄いカーテンが濡れていた。窓の外の闇に棲んでいる妖怪が舌を伸ばして舐めたのだ。

来る途中で女の子に名前を訊くと、「ハットリです」と答えた。弟も、その娘のことを敬称略の名字で呼びかけるのだった。敏男は、もう数時間で朝だから、それまで部屋にいること、一番の下り特急で帰ること、を約束させた。昨夜は二人で踊っていたそうだ。良はそれ以上話さず、ハットリに家へ電話させろという要求にも応じなかった。

狭い教室で油断のならない生徒二人を前にした新米教師が敏男だった。年齢が近いことを利用する手は通用しない、と彼は思った。少女は眠そうな目をしていた。膝の上にそっと置かれた手の指は意外と繊細だった。敏男はラジオを鳴らし、せめても音楽で自分の城を飾ろうとした。弟はコオロギのように跳躍し、部屋の隅の青い一ドア冷蔵庫の扉を引いた。冷蔵庫の中はいつも朝だ。

「何もないだろう」

弟は黙ったまま唯一見つけた牛乳の一リットルパックを取り出し、封を開いた。

「飲んでもいいけど、口をつけるな」

「このくらい飲んじゃう」

「だったら全部飲むんだ」

「うん」

十四歳の弟の喉に、食道に、機械オイルのように牛乳が流れ落ち潤すのを、敏雄は感嘆しながら見つめた。血になり、肉になる、と思った。良は口を外し、恋人に、喉が渇いているかどうかを訊いた。少女はパックを受け取った。そのまま化粧気のない唇を寄せ、少年とは異なる謙虚なしぐさで一口だけ飲んだ。彼らの間ではすべてが儀式めいていた。

「宮島先生に土下座したんだって？　父さんが言ってたよ」

「うん、した」弟は再び牛乳のパックを手に持つ。

「悔しくなかったか？」

「どうってことないよ」

「誰に言われて先生にあんなひどいことをやったんだ？」

弟はまたベッドの女の子の横に座わり、保護者の前だというのに手を伸ばして彼女の髪の毛の先を愛撫し始めた。壊れ物に触れるときの、慎重なやり方だった。動きの少ない、大柄な女の子は目を人形のように何度もしばたたいた。

「誰かの代わりにやったんだろう?」

「みんなそう言うね」

「普段おとなしいからだ」

「おとなしくもない」

「人間がね、実力を行使していい場合というのは、とても少ないんだ」

「ふふん」

「宮島先生って、年寄りじゃないか――」

敏男は言葉を切った。眠気が竜巻のように鼻の頭で廻った。弟は兄と話をするというより女の子を可愛がるのに専心していた。ラジオの音楽は打楽器だった。テンポがあまり速いので、脳がついて行かない。やがて女の子の上体が滑り、頭が弟の膝の上に載って止まった。「ハットリ、眠いの?」と弟が彼女の耳に口を寄せて言った。きっとその囁きは牛乳臭かったにちがいない。

ハットリの顔は白くてきれいだった。半分だけ重い瞼を上げて部屋の中を見廻し、「格好悪いなあ、私。お兄さんに謝っといて」と言った。その声が変に艶めかしくて、敏男の耳から離れない。弟はまた一口牛乳を飲んだ。顔は、子供時代から変わらないのに、首の肉や喉のあたりがひどく男性的に充実していた。腕力ですべてが決するならばもちろん負けないだろうが、弟がいくらか有効な反撃をするのを阻止はできないだろう。それは成長の魔法なのだ。

「あの先生、いい先生だろう?」

「そうだよ。もう僕、謝ったし、それでいいじゃない」

「俺はそんなこと言ってないよ。ただ、どこがどうなったのか教えてほしいんだ」

「先生の家に行った?」

「いいや」

「先生は知ってるんじゃないかなあ」

「何を」

「つまらないことだってこと。そんなに、兄ちゃんなんかが気にする程のことじゃないいんだから。言ってもいいよ。言おうか?」

「先生は肩の骨にひびが入ったんだろう。気にしてあたりまえだ」

「あの、西校舎の三階のトイレあるじゃない。あそこで小便してたら、隣りに宮島さんが来て、あいつ、便器から離れてやりやがるの。しぶきがかかるんだよ。逃げたけど」

「それで」

「そんなの、いきがかりで腹立っちゃうことってあるよね。それ。終わり」

「おまえは餓鬼だ」

「うん」

敏男は失敗した。十九年間で聞いたあらゆる説教、訓戒、教えさとしの言葉のエッセンスを何一つ保持していないことに気がついた。とても辛い気分になって、棚の上を見ると、金色の三首竜キングギドラの模型が三人をそれぞれの鎌首で見下ろしていた。弟は話す晩が終わった解放感からか、残りの牛乳を一息に飲み干した。そして笑ったので、白くなった舌が見えた。何かを言ってやらないと。

部屋の中に少女の香りが充ちてきていた。敏男は頭を振った。大きすぎて愛されないなどということはないのだ。きっと今まで彼女の直喩として使用されてきたであろうダンプやトレーラーが何台も何台も縦横に働き、その大柄な夢をなだらかに整備しているさまを思い描いた。「大学ってどんな感じ？　けっこう遊んでるんでしょう？」少女の頭を抱いた中学生の声が無邪気に訊いてきた。ラジオには雑音が入っていた。敏男は武装を解いて小さなあくびを噛み殺した。弟は単純な顔をしている。似顔絵が描きやすい。男の兄弟だから、ままごとなんかしなかったな。

命知らずの小さな探検隊は子供用自転車一台を二人で押して、工場の裏から四十五度の斜面を登った。清冽な、梅雨に濡れた竹林の緑が毒のように降り注ぐ。ぬかるむ赤土の道のせいで、自転車のタイヤは泥まみれだ。運動靴の土踏まずの部分にも重い塊が詰まった。頭上は、両側からしだれる竹の枝で空が見えない。長い、天井の高い緑のトンネルだ。息を切らして兄が振り返ると、何を造っているのかわからない神秘の工場の通用門が赤錆びてはるか下方に仄見える。弟の瞳は水晶で、汗の球を載せた鼻の皮膚はセルロイドだった。幼稚園に上がったばかりで、自転車を押すというより反対につかまって負荷になっていた。着ているシャツはタオル地を、顔ふきタオル一枚分程度しか使っていない。これから起こることに身構えて簡略な小さな顔にも血がぐるぐる廻っている。

丘陵全体が孟宗と真竹の林であり、彼ら兄弟は盆地を囲む山脈の前哨であるその丘陵だけを見て育ったから、日本中の山一般にも竹のみが生えているのだと了解していた。古竹の切口に水が溜まり、ぼうふらや小蜘蛛や目に見えない吸血虫の棲み家となる。もう二人の子供は刺されていない部分の方が少ないくらいだ。口をへの字に曲げて、兄貴の方は頑張る。学校では委員長だった。弟もアルファベットをAからZまで書き取れる優秀なやつだ。車が通るので、草は道の真中にだけひょろひょろ続いている。道の脇には鉄くずや、風化寸前に黄変した紙切れの束、木の棒などが、難破船からの漂流物のように打ち捨ててあった。芋畑があり、水分を含んだ明け切らない空がその上に浮かぶ。そしてまた竹のトンネルに囲まれる。グリーン一色の異界だ。静かな風に枝と枝、葉と葉が触れ合い、その音が絶え間のない会話のように聞こえる。重なって重なって、灰緑の闇のトンネルがどの方向にも限りなく続いている。隊長は首尾よく目印の送電用鉄塔を確認した。叢の中に、そっと自転車を止めた。

先の尖ったスコップと、ビニールの袋を分担して持った。兄は、ついて来る弟を忠良な子犬のように感じている。弟の心臓をいっぱいにしている逃げ出したい気持は、兄の腰から三十センチ以上離れないように密着していることで、辛うじて抑制されているのだ。黒い竹の皮、藁くず、堆積し土に同化しかかった竹の葉を踏み、起伏のある斜面を降りて行くと、やがてその樹の化物じみた姿が現われる。風が払い落とす雨の粒で、兄弟の頭はびしょ濡れだ。その樹はいよいよ目の前にそびえ立つ。苔のいちめんに貼り付いた、力瘤だらけの魔の力士。暗黒で透明な水の溜まっている中央の大きな洞は、二本の逞しい脚が組まれているようでもあり、悲鳴をあげる怪物の縦割れの口にも見える。周囲の竹の枝で上の方の葉のひろがりは隠されているから、雲の上の世界までこの樹が伸びていないとは限らない。盗賊たちは耳を澄ませた。玄妙な緑の王国の手先どもの声がしないか。例え殺されても、たちまち蘇生して襲い掛かって来る奴ら。しかし、頭の上を走っているのは、夜明けの冷たい風だけだ。

兄弟は夢中で根本を掘り始めた。他の子供たちはこの樹の場所さえ知らないのだ。肺が、気管が熱くなってくる。夕べの雨で、土は軟らかい粘土のようだ。幼虫と、半ば蛹化した幼虫がたちまち数十も集められる。青黒い頭をした、太ったイモムシはビニール袋の中で身を捩り、擦りつけ合う。弟は顔を泥だらけにし汚し、泣き出しそうな目をする。突き刺すようにスコップを使って地下茎や小石を処理しながら、小学生の兄はどんなにか自分が弟から信頼され、畏怖されているかを感じて誇らしく思う。おまえは赤ん坊だ、いつまでたっても大きくならないなあ。――保護する立場の者が神から与えられる特別の勇気ということに、彼も気付かない。

夢中の時が過ぎ、持って来たビニール袋は宝物でいっぱいになった。二人は立ち上がり、再び隊列を組む。少し光が地面にも洩れ出した。何故か、来たときよりも早足になる。最後は殆ど駆け足だ。自転車のところまで戻ると、弟は、今まで水中に潜っていた人が初めてする呼吸のように叫んだ。

「ヤケンって、いなかったあ」

良の指は眠っている大きな少女の肩から二の腕のあたりにそっと当てがわれていた。敏男はもう長い間ハットリの二本の脚を見ていた。膝から下がベッドから内股になって落ちていて、向こうに台木の黒い色がある。それが樹の大きな洞のように見えたから、そのような回想をしたのかもしれなかった。部屋の空気はうっすら白み始めた外気とつながっていて、眠気は感じるけれども本当に眠ってしまうことはできないのだ。弟も起きていた。少し赤くなった目で、何かを捜すように部屋の中を見廻していた。あんなポスターを喜んで貼っているなんてがっかりだろう。心の中でそう言ってやった。

「え？」敏男が何も言わないのに良が声をあげたのは、視線が合ったからだった。

「その、ハットリさんのこと好きなのか」何かを言わねばならなくなって、敏男は訊いた。

「いつでも勝手についてくるだけなんだ」

「格好つけるなよ」

「高校、八月になったらやめるとか言ってるんだ。せっかく入ったのに」

「へえ」

「やめるなって、僕、言ってんだ」

「県立？」

「そう」

「可愛いじゃないか」

「大きくてびっくりしたでしょう。バスケットのせいだ」

「寝てる顔、可愛いよ」

「兄ちゃん、寝なくていいの？　学校あるんじゃない」

「寝ている間に近くで何かされたらたまらないよ」

良の表情があまりに真剣だったので敏男が笑ってやらねばならなかった。弟の生活も、多くの他人の生活のように第三者を拒み、秘密を設け、見る者を悲しくさせる。家族ですらそうだ。敏男は話し続ける気力を失って、アンプのレベルメーターがダンスするのを見つめた。外が明るくなっていくのが、背中でわかった。ハットリは眠れる駿馬だった。どこか俺の知らない草の道で、おまえは彼女に乗って駆けたな。敏男は立ち上がり、頭の中で二十歳まであと何日残されているかを数えた。牛乳の空のパックを踏みつけて入り口の板間まで行った。長いこと椅子に座っていたから、雲の上を歩いているようだった。歓迎だ、歓迎してやろう。流し台は乾いていて、敏男のボサボサの髪と顔を映した。彼は赤いケットルに火を掛けた。ガスの炎は冷たそうだった。

「あれっ、ああ、眠りながら泣くなんてこいつ病気だ」ハットリの顔を覗き込みながら、単純な感想を述べる調子で中学生が呟いた。

「お茶飲むよな」と敏男が声を掛けた。その声があまり大きかったので、ハットリの身体がぴくりと動いた。

「飲むよう」

茶碗を、彼は洗った。それから手が伸びて紙袋を引き寄せた。和紙の包装を音を立てて破りながら、威圧的な、命令調の、しかし慈悲深いしかたで、敏男は言った。「いいお茶菓子があるんだけど、おまえ、いいか、さっきみたいに全部喰わないと許さないからな」

戴冠式

僕は産婦人科医になりたいと考えた。階下からベイクドポテトの軽い香りが流れて来たときだ。僕は無知を恥だと信じ、いつもうつむいていなければならないと感じた。着任間もない家庭教師は二十二歳で、小柄で、その唇には不自然な色彩が施されてあった。彼女のスカートには皺がなかった。僕の横で丸い椅子に座り、白く張り切った足を組んでいた。僕は中学の制服である黒い学生ズボンを穿いたまま、上だけ半袖のトレーナーに着替えた格好だった。前々日散髪したばかりの僕は、その散髪が失敗であったと確信していたのだが、彼女にはどう見えるだろうかと思った。

家庭教師は英語の短い例文を滑らかに発音し、続いて僕に真似るように促した。僕にはあまりうまくできなかった。僕は彼女の心臓のあたりを見、それからその少し下を、見た。そのときベイクドポテトの香りが漂っていた。どうしてか、騙されているような気分がしてならなかった。僕は何も知らされていない。少年であるということは、このように、謎の雨雲の下にいることなのだ。彼女が初めて来たのは六月だった。極度に緊張しうまく話せないでいる僕に、彼女はビートルズの英語の歌詞を二つ紹介し、解説してくれた。その春まで近所の寺の境内で駆け回る小学生の一人にすぎなかった僕はそれらの曲を知らなかった。英語の勉強はおもしろいのよ、と家庭教師は断言した。僕は、生きて動く二十二歳の女の人と、このような狭い部屋で二人きりになるのは初めてだったし、また今自分がそういう特殊な状況下にいることを意識するのも初めてだった。その日から、日曜の午後と水曜の夕方彼女は僕の家に来た。僕は生殖という事柄に興味を持ち始め、それは、時には夢の中にまで入ってきた。僕の知っているのは実に少しだった。毎日雨が降り続いていた。そう、僕は六月に生まれたのだ。

外は晴れていた。じゃあこれをやって、と彼女は一番から三十番まで番号のついた日本語の名詞の群を示した。僕にそれらを英語に直させながら、家庭教師は煙草を一本だけ吸った。僕は作業をしながら、二十二歳の女性であるとはどういう気分なのだろうと考えていた。いつもそれを考えるのだ。彼女は、法律で僕の何十倍も多くの権利を許されている人のように見えた。きっとものすごい威力の武器をどこかに携えている、だからあんなに自信ありげなのだと思った。子供部屋のカーペットは薄いグリーンで、僕の椅子の後方に墨汁をこぼした丸いしみがあった。部屋は春まで下の兄が使っていたが、東京の大学に行くことになったので僕が譲り受けたのだ。机も書棚もカーペットも、下の兄のものだった。

「お兄さんはいつもだいたい何時頃帰るの、ええと、上のお兄さんのことだけど」

家庭教師は、きっと自分で思ったより強い語気を込めて、言った。僕は鉛筆を止めて、芯の先を見つめた。

「七時ごろ。遅くなるときもある」

「そう」彼女は煙草を消す――小さい長い虫をひねり殺すみたいに。「あたし、知ってるのよ。君のお兄さん。小さいときから」

「土曜日だと、三時頃帰って、寝てることもあります」

「ふうん」僕は三十語を書き上げた。彼女は赤いペンを抜き、斬りつける。兄の話題が出るのは初めてだった。

「お兄さん、私のこと何か言ったことない？」

僕は首を振った。一つの机しかなかったから彼女のよく整って柔らかそうな髪は僕の目の下の位置にあった。

「学校が一緒だったの。学年は私の方が一つ下だったけどね」彼女の赤いペンはあまりインクが残っていないようだったが、彼女には気にしている様子は見られない。四つの単語のスペルを直し、点数を小さく書いた。「この前、帰るとき、玄関で見てびっくりしちゃった。この近所だとは知ってたけど、まさかこの家の人だったなんて――」

そのとき僕は例のごとく、何も知らなかったし、兄が家庭教師を以前から知っていたなどとも彼の口から聞いたことはなかった。僕は家庭教師といる時間が嫌いではなかったので、語られたことは抵抗なく信じた。もちろん僕が幼い注意を向けていたのは語られない背後、見えない背後ではあったのだが。

家庭教師は続く課題を与えようとはせず、足を組んだままこちらに体を向けて、語を続ける姿勢を見せた。僕は彼女の丸くなった髪の先が首の横に触れてそろっているのを見、理由のない安心を感じた。部屋は大きな窓から入る自然光で過剰なほど明るかった。

「このごろどんな様子？　就職、食品関係だったよね」

と、彼女は言った。

「どんな様子って、あまりわからないけど、あまり忙しそうじゃないみたい」

「どうして？」

「だって寝転んでばかりいるし」

「兄弟でよく話すんじゃない？　どんなこと話す？」

「社内旅行があるんだって、来週の週末」僕は彼女の側にいるのは好きだったが、会話は苦手だった。自分が全く気が利いたことを言う能力のない子供だと、再確認されるからだ。僕には余裕がない――僕は何に対しても直接関わっていないのだし。

「旅行？　どこへ？」家庭教師はごく自然に追及する。銀色のピアスが光って見えた。

「会社って、そう大きくないんだよね」

「でも旅行、行くかどうか迷ってるって、今朝言ってました。東北らしいけど」

「そう」と言って、彼女は一瞬幸福そうに微笑んだ。その意味が何か、僕にはわからなかった。彼女の輪郭には女性らしい丸みがあり、夏に近付くほど、それはあらわになってくる。思春期という言葉が背後から突き刺さるほどの衝撃力を伴って胸の中に浮かぶ、そういう十三歳を僕は生きていた。僕は、秘密という秘密がすべて自分のものになるなら、きっと産婦人科医になろうと思った。

「来週の終末か……、君、試合だったよね」

「はい」と、僕は答えた。「新人戦」

「百メートル、走るんでしょ、ヨーイドンで。運動会みたいに」

「百と二百と、両方出るんですけど」つぶやくように僕は言う。

「自信は?」

「あまりないです」トラックを描くラインの白さを、ふと思い出した。「初めてだし」

「お兄さんも速かったんじゃなかったかな、上のお兄さん。陸上部じゃなかったけど」

「速いかどうか、よく知りません。下の兄さんは、百メートル十一秒台です」

「ふうん」家庭教師は煙草に手を伸ばした。火を付けてあげたいと思った。僕は彼女の指が先へ行くほど細い、そういう指であることに気が付いた。

「ホント、陸上の大会って、運動会だね。どこであるの？　お弁当作って見に行こうかな」彼女はまた微笑んだ。

「うちの中学で、あります。五年に一回、そうするみたいです」

「五つの中学の持ち回りなんだね」そう彼女は言って、驚くべきことに、二、三回吸っただけのその煙草を灰皿に押し付けた。「きっと、君のお兄さん、運動会のリレーでとても速かったような気がする」

「寝転んでると、熊みたいな人だけど」僕は少しばかりのサービス精神でその直喩を用いた。中学生になって、意識して直喩を使うことができるようになったのは僕ばかりではなく、きっとクラスの誰もがそうだった。

「うん、うん、熊みたい」彼女は嬉しそうだった。「体、大きいし。でも、あたし覚えてるのは、もっと機敏な人だったみたいよ」

僕は時計を見た。彼女が時間のないことに気づいて、学習に戻らなければいいと思った。夏に近付くにつれ、彼女は毎回薄着になっていくのに、僕には彼女について彼女の肉体について彼女の精神について何の認識の拡大もない。美人というのではない、美人とはもっと別のものだと思っていた。それでも、彼女の像が授業中、またはランニング中、突如浮かぶことがあった。そして、自分はあの家庭教師の顔を見るのを好んでいる、と考え、あらゆる思考がそこでストップするのだ。僕の想像力の刃は弱くて、彼女の薄着や綿密とはいえない演技をすら、斬り通せないでいた。何しろ僕の魂は幼くて、すぐにうつむいてしまう性癖を克服できないでいる魂だったから。

「友だちがね、君のお兄さんのことよく知ってて、それであたしも知ってるの」と、彼女は僕が見つめているのに気付かぬ様子で言った。「嘘じゃないよ」

「いつ頃ですか?」

「ううん、君よりももっと大きいとき。高校だね。優しい人だと思ったよ。何となくね。そういうのってわかるでしょ」そして彼女は小さく付け加える。

「名前と顔ぐらいは、小さい頃から知ってたんだけどね」

「あまり優しい人って、思わない」と、言ってみた。「殴ったりする」

彼女の大きい目が、少し細くなる。「別に少しくらい気が短くても、気が優しきゃいいのよ」

「柔道の技で投げ飛ばしたりする。何もしてないのに」

「ちがう、ちがうよ」家庭教師は楽しげに否定する。

「兄弟だと、わからないのかもね」

彼女はしばらく沈黙し、微笑んでいた。そして僕がまだ優しいという語の意味について考え続けている時間内に、部屋の入口の方を振り向いて、こう言った。「お兄さんの部屋、その奥の部屋? そうでしょ?」

僕は肯定した。そして彼女が、ちょっと言ってみただけだ、というような軽い感じを作ってこう言うのを聞いた。「ちょっと覗いてみたいな」

「でも散らかってる」

「散らかってるの？」

「そんなに――」僕は言葉を切って顔を赤らめた。窓の外、七月の空の下のどこかで小さい犬が怯えて鳴いていた。試合が近くて、友人たちはきっと同じ時刻にも桃色の呼気に包み込まれて練習している。僕が水曜日早く帰り家庭教師と勉強するのは、自分の楽しみのために僕自身で選んだことなのだ。選択によって参加する段階に僕は届いていたのだ。「まだまだ帰らないんでしょ？懐かしいし、あの人どんな風に部屋をしてるのか？　ちょっと見たいな」と、彼女は言った。そしてその魔法の手で僕の右肩にそっと触れた。僕は幼いから、様々な修業を積まないとこの世界の王たちの一人にはなれない。僕は立ち上がり、上の兄の部屋に通じる小さな扉を開いた。

五秒後、僕と家庭教師はカーテンをしたままの、比較的片付いたカーペットの黄色い部屋に立っていた。金属製の事務机の上に何冊かの週刊紙が乱雑に積んであり、その一冊の表紙では見たことのない若い女性が、一人、悩みを抱えた人間の目をしてこちらを向いていた。テレビ——僕の部屋にはなく、この家の二階でただ一台のカラーテレビが部屋中のあらゆる喧噪のかけらをも吸収して、沈黙していた。僕は兄の部屋をちょっと開いてみせてあげようとしただけなのに、家庭教師は短い声を数度発しながら、そこへ入ってしまった。このことを僕は追認するしかなかった。並んで立つと、僕の方がほんの一センチだけ身長が大きかった。

せめてカーテンを開けようとして窓辺へ寄ったとき、ふと見ると彼女はしきりに部屋を観察している様子だった。それには不思議な真剣さが伴っていて、僕は、彼女は本当にこの部屋を覗きたかったのだと思って軽い安心を感じた。

「へえ、ここで、熊みたいに寝てるの」家庭教師は小さな整ったベッドを見て言った。そして短い歩幅で進み出て、その端に腰掛けると、「ねえ」と言った。

「ねえ——、お兄さん、好きな人いるのかなあ」

それは僕にとり、君は生殖に関心があるのか？　という問いかけに等しかった。冷静さを装う努力して、僕は答えた。「わからない」

「よく、女の人から電話掛かってきたりしない？」

「それは、あるけど」

「一人の女の人？　でなくてたくさん？」

「僕めったに出ないし――」

「会社の女の人とか、そうでしょう」

「うん」

「昔からよくもてたよ、高校生のときも」家庭教師はさっき隣の部屋でしたように足を組んだ。そうするのが癖らしかった。「それにもう二十三だしね」

僕の印象はそのとき一つの記憶された光景に突き当った。あれはいつのことだ？　僕の家と隣の家の垣根に挟まれた黒いアスファルトの路上で、鯨の皮膚の色をした濡れたアスファルトの路上で、一人の女子学生が足を揃えて立ち上の兄の部屋の窓を悲しげに見上げていたのは。僕は小さい自転車に乗ってどこから帰ってきたときだった。その女子学生の顔を覚えていない。あれは、どのくらい前のことだったろう。

僕が現在知っているどんな同級生の女の子の顔をその記憶の顔の部分の空白に仮に当てはめてみても異和感が残る。僕は家庭教師を自由にできないのと同様、時間も、自由にできない、気が付くと、家庭教師は探偵の目をしていた。互換性のない二つのコンピュータのように、彼女の計算は読めないのだ。

「ねえ、アルバムどれかな？　私も写ってる写真がたぶんあるよ」ここで彼女は僕を生徒というより友達とみなした調子で言った。僕はそれのある場所をはっきりとは知らなかったのだが、すぐに、どんな努力でもして探し出そうと決意し、本棚のガラス戸を引いた。

第一、僕は兄の部屋に入ることを禁じられていたし、兄の本棚を無断で開けることなど考えたこともなかった。あまり緊張していたので僕は幻を見た。一匹の敏捷な栗鼠がガラス戸を引くや否や飛び出し、ほんの三、四回の跳躍で小さなドアを抜け僕の部屋へ、そして僕の部屋の開いた窓から明るい午後へ、逃げるのを見たように思った。

僕は三分冊の、アルバムらしき本をたちまち発見し取り出した。両手に持つと重量感があった。彼女が立ち上がった。「貸して」と言った。青色の新しい、見覚えのないアルバムだった。

その次に僕と彼女はベッドに並んで座りそのアルバムを笑ったり批評したりしながら一緒に鑑賞するものとばかり思っていた。ところが彼女は期待を裏切り、驚くべきことを言った。「君、二分くらい隣の部屋戻っててよ。だって、変な写り方してるのあったら恥ずかしいもんね。まず、あたし一人で見て、気を静めたいの」

僕は悲しい気持がしたが、そのまま、さっき逃げた栗鼠の後を追って、僕の子供部屋へ引き揚げた。二分間僕は部屋をぐるぐる回っていた。ちらりと見ると、彼女は忙しげに膝に乗せたアルバムのページを繰っているのだ。家庭教師は職務を怠業している、と思いその日で初めて感情的に彼女の優位に立った。もう一度彼女の方を見たとき、顔を上げたその目に笑いは残っていたものの、哀れな、被害者の色あいが見てとれた。僕は次の週の試合のことを考え、スタートの号砲が鳴ったときに世界全体がひび割れてしまいはしないだろうかと思った。ボン、と口に出して小さく言ってみた。「もういいよ」と家庭教師が僕を呼んだ。

「ほら、これよ、これ私」彼女は高校の制服を着た男女が五、六人公園でフリスビーをして遊んでいる写真を示した。手前に大きく上の兄の上半身が浮かび上がっているのだが、がっしりとした体躯にもかかわらず追い風に乱れた髪の下の表情はどことなく甘く、危なげな調和を保つ美青年のそれだった。高校の制服がその写真の明るさに、他の要素が入り込み支配することをうまく抑制していた。彼女が指さしていたのは、遠景の二センチばかりの貧相な少女だった。彼女らが踏む公園の芝生は枯れた色をしていた。一九七一年三月、と万年筆で小さく端に書き込んであった。僕は兄の写真など見たいと思ったことがなかった。そのページの写真はどれも、整って自信ありげな兄の容貌を写しとめていて、僕をひとつひとつ打ちのめす力を持っていた。明るい声で家庭教師は、

「ほら、こっちにもたくさんあるよ」と言い、ページを三枚ばかりめくった。
兄と家庭教師ともう一人狸のような顔をした女子学生の三人で並んでいる写真が目に入った。その構図も兄が横柄に支配していた。兄は正面を向き、今より少しあどけない顔の彼女の視線は横に流れていた。背景はどこかの神社の祭りらしく露店ののぼりが連なっていて、その上に沈痛な色の雨空が広がっているのだった。僕は小学生が中学生になり、中学生が高校生に、高校生が大学生になってそれぞれ段階的に傲慢不遜になるという現象を考察した。魂とは、いかなる転機を迎えてすぐにうつむいてむしまう性癖を克服しうるのか？　ゆるやかに目の前でアルバムが閉じられた。「さあ」と家庭教師は言った。

十日後の正午過ぎだ、僕はY市第三中学校の校庭の焼け付く日射しの下で膝を抱え座っていた。僕の周囲には同じ一年の部員が少なくとも七、八人寝そべったり弁当を食ったりしていた。僕はもう何分か前に母親が作ったカツレツとナポリタンスパゲッティの詰まった弁当を片付けていた。胃の中でそれらの滋養が滑らかに、力強く吸収されつつあるのを感じながら、目を細めフィールド競技の行われているグラウンド中央を眺めていた。団子のような手足をした先輩の女子部員が砲丸投げの順番を待っている。緊張のため上気した球形の顔からは桃色がグラウンドの白さの中へ溶け出してしまいそうな具合だ。両腕をゆっくりと大きく振り回して筋肉の中の悪しきわだかまりを払い飛ばそうと苦心しているようだった。僕はその競技の審判係をしている一人の若い女性体育教師に目を留めた。見慣れないその人は僕の中学の先生ではないらしかった。巻尺をきれいに巻き取らないまま荒い束にして右手で持ち、熱い鉄の球が地面に突き刺さる度忙しく駆け寄って距離を測定する。その腕は健康そうな色をしていた。この春女子大を出たばかりに違いない、と思った。僕の意識はそのとき、万全の体制でその審判係を包囲した――と言っても、彼女自身や僕の周囲の友人たちが気付くはずのないレヴェルでの話だが、僕はまず、その機敏に動く審判係が四十歳になり皮膚の光沢が消え髪もくたびれて屋台の女のようになってしまった姿を思い描いた。次に、八十歳になり身長が三十パーセントも縮んで、皺の奥から邪悪な白内障の目で世間を眺め回すばかりになった姿を。僕はさらにその審判係を五歳の幼女にしたり、またひげの生えた男とも女ともつかぬ怪物に仕立て上げたりしながら、その想像を楽しんで行っているのではないことを十分に自覚していた。彼女が哀れな妊婦になりアドバルーンほどの腹部を短い両手で下から支えている図を組み立てたとき、僕の心は悲しみでいっぱいになったほどだ。

僕はポケットの上から、中に入っている一枚の写真にそっと触れ、真夏というべき熱気に向かって大きく目を見開いた。午前のうちに僕はもう百メートルの決勝と二百メートルの予選を終えていた。勝利者、それが僕の名だった。僕が聞いた三度の号砲は世界に亀裂を入れたりはしなかったのだ。近くでは中長距離走に出る二人の部員がリズムの外れた準備運動を始めていた。前日、暗くなるまでかかって整備したトラックには小石一つ、安全ピン一つも乗っているはずはなく、一枚の巨大な鏡面のようである。その彼方にクリーム色の、絶望的に淫らな印象の校舎が三重に横たわっているのだった。

結局上の兄は社内旅行に出かけた。朝早く歯を磨いている兄の不機嫌な横顔を見たことを思い出した。身長で二十センチ、体重で三十キロ僕を上回るその体躯の内面ではきっと魂があまりに上方を見上げ続けたので筋肉痛を起こしているに違いなかった。そして最後まで兄と僕はあの家庭教師のことで言葉を交わしたりはしなかった。家庭教師が突然の電話一本で辞意を伝えてきた、競技会前日の夜でさえも。兄と彼女の間にいかなる連結があったのか、それに僕は言葉を与えることができない。ただ、彼女がもうやって来ないという事実に切ない安堵を覚えるだけだった。

僕を呼ぶ声がした。日に焼けた顔のお人好しの先輩部員が、白い魔像のように立っていた。「すごいよ、お前、記録だよ」

「そうですね」

僕は立ち上がった。そして先輩に向かって一人前の男がするような笑いを、笑ってみせた。その先輩は三年生で、同じクラスの女の子から贈られた小さいペンダントをいつも身に付けているので有名な人だった。今日は新人戦なので競技には出ないのだ。走り高跳びをする人だった。フィールドでは、今まさにわが中学のユニフォームを着た、団子状の先輩の女子部員が白く狭い円の中で身をかがめ、砲丸を天へ投げ上げんとしているところだった。同時に目の前のトラックを三千メートル走のスタート直後である一団が走り抜けた。天空は都会じみた薄っぺらくかつ執拗な霞で覆い尽くされ、太陽の輪郭だけが断固として己の存在を主張している、そのような空だった。僕は大きく呼吸した後、その場で二、三度軽く跳躍した。跳びながら、再びポケットの中の憎むべき一枚の写真を片手で押さえた。先輩の首の下では金色の繊細なペンダントが輝きを放っていた。清らかな輝き、と僕は見た。悲しいことに、僕は十三歳に過ぎないくせに表情のこちら側で笑う能力を身に付けてしまっていたのだ。

先輩と、競技の行われている円舞場のようなグラウンドに背を向け、十数歩先の青いフェンスに向かって僕は歩いた。時計を仰ぎ見ると、まだ二百メートル決勝の時間まで、小一時間はあった。その駆けっこでも僕は勝つはずだった。記憶をたどれば、僕は一度たりとも競争で負けたことがないのだから。あらゆる競争が終了して夕方になれば、急仕立ての表彰台のてっぺんに僕は押し上げられるだろう。僕のポケットの中に驚くべき一枚の写真が入っているとは誰も気付きはしないだろう。僕は今度はポケットにじかに手を入れ、写真の折れ曲った端を何度も手でしごいて伸ばした。あの日、家庭教師が盗み漏らした、その同じ日の夕方彼女が帰ったあと再び兄のアルバムを見返していて僕が予期せず見い出した、一見するだけで僕の全身を摂氏百度に熱する力を持った、そして僕から産婦人科医になる気力を根こそぎ奪い取った、その一枚の憎むべき写真の折れ曲がった端を。

初出一覧

「オレンジ通り」　東大寺学園生徒会誌「群声 第16号」一九八〇年二月
「菜園」　東京大学教養学部学友会「学園57」一九八三年四月 第19回銀杏並樹賞入選作
「入江橋」　三田文学会「三田文学一九八五年・5春季号」復刊第一号
「赤い樹」　東京大学文学研究会「駒場文学17号」一九八四年十一月
「戴冠式」　東京大学文学研究会「駒場文学15号」一九八三年十一月

年若き、柔らかな言葉たちへ

橋本 晃

またいつ泣き出すかわからない薄暮の空の下、周囲とあまり調和をなしているとは言い難いコンクリート造り、ガラス張りの近代的な建物へと急いだ。春まだ遠い駒場のキャンパス。ちょうど旧制高校時代以来の魔窟のような寮が立ち並んでいたあたりだ。その魔窟の頂上にあたる屋上で、小説の同人誌メンバーで演劇の練習をした――。

中山均と初めて会ったのは一九八三年、彼が理系の二年次になったばかり、私はといえば、最初に入った大学を学費が払えず追い出され、食い詰めた末に二度目の大学生活にたどり着いた、そんな春のことだった。

長身にウェーブのかかった髪、関西弁で柔らかながら強気の言葉を途切れさせることない中山は、駒場の学生団体が主催する小さな文学賞を本書表題作の「菜園」で受賞したばかりで、新たに同人誌に加わってきた精神の畸形児たちがふっかける論戦にもひるむことがなかった。高校時代に学生向け雑誌の小説コンクールで、やはり本短編集にも所収の「オレンジ通り」が入選し、ついで大学で前述の賞をもらったばかりだった。

その賞、銀杏並木賞がながらくの中断（正確には開催されたりされなかったりを繰り返していたとのこと）を経て、二〇一四年から一五年にかけて復活したという話しを耳にした。しかも、応募作品が四十編という。中山が受賞した八三年のときは応募わずか三編。当時の選者の教官も、七五年には三十編弱の応募があった。隔世の感あり云々と嘆いていた。復活した銀杏並木賞は一人三編まで応募可との規定で、応募者実数は二十五人。が、それにしても少なくはない数字だ。

私自身は九〇年代のある時期以降、確実に同時代の日本文学の熱心な読者であることをやめてしまっていた。触れれば血が噴き出すような世界の現実を各地で追いかける作業に追われていたし、スリリングでもあった。方法上も内容も、未踏の地を目指すことを放棄してしまったかのように見える同時代小説に知的興奮は覚えなかった。やがて、少しは気の利いた青年は小説など志向しない時代、そんな声が聞こえてきた。

中山ともその後、会っていなかった。私が長期滞在でパリに発つ直前の九七年の春先、一ツ橋の学士会館での共通の友人の結婚披露宴の席で久々に顔をあわせ、それからさらに長いときを経て、二〇一五年秋、重篤の病を得た彼を囲む会をかつての同人誌仲間で開いた。暮れには自宅を見舞い、「昔の作品を本にまとめたい、自分と作品について原稿を寄せてほしい」との依頼を受けた。駒場の寮の跡地に建つ建物内のカフェで復活銀杏並木賞の運営を担当した二人に話しをうかがった。同時代日本文学はとうに死滅したと断定していたが、いささか早計だったろうか。それこそ〈歴史の終わり〉のような効率一辺倒、平板な生がいたるところ蔓延する現在であっても、いや、ある意味ではそうであればこそ、言葉の探査針を存在の奥底まで垂ろす作業、表現活動が完全に消え去ることはないのかもしれない――。

少年の心を宿す「初老」の男がもう三十年以上も前に書き記した、年若き、柔らかなことばたちが永遠に残り、これから人生の道を手探りで進もうとする青年たちに読み継がれていくことを祈念してやみません。

（立教大学教員）

あとがき

僕は金がきらいだ。金の欠点は、欲しいものが買えるところだ。僕は欲しいものが何もない。暑い日、百貨店に入り涼を取るため一時間ほどさまようことがあるが、大抵何も買わずに出てきてしまう。もし仲間が株や投資の話をしていたら、そっと足を遠ざける。宝くじが当たったとすると、どれほど恐ろしいだろう。

戦争がきらいだ。取材でヨルダン空軍機に同乗したことがあるが、操縦席まで撮影させてくれたパイロットの屈強な腕の太さは、僕には縁のないものだった。

田舎が苦手だ。幼い時実家は広い農家で、脱穀機があり、山羊二頭を買っていた。乳も飲んだ。ある日、軽トラックでどこかへ連れ去られていった。

宴会も勘弁だ。

インターネットは僕をとことん疲れさせる。地下鉄で全員がスマホ画面に没頭している図は、昔思い描いていた未来とは異次元だ。検索は知性を栄養不良にする機能だ。

好きなのは、通勤バスに乗って、車窓を眺め、何も考えないでいる時間だ。そして、空を見上げている時間。

少年はすぐに初老となる。少年は初老の肉体の中の廃線をどこまでも歩いている。少しだけ日がさす。名もなき一掴みの花が、そのときだけ見える。

この作品集は、昭和後期の、破壊力のない青年の心象スケッチを集めたものだ。見知らぬ方が手に取って下さるとうれしい。

中山　均

著者略歴

中山 均（なかやま ひとし）

1963 年 京都府出身

1982 年 東京大学入学

東京大学文学研究会代表・「駒場文学」編集発行人

1987 年 東京大学理学部数学科卒業

在京民放局に入社、カメラマン・記者などを勤める

2015 年 食道がんで食道全摘出。その後転移・再発に至る

趣味：通勤

菜《さい》 **園**《えん》**・戴冠式**《たいかんしき》 —— 中山均 初期作品集

第 1 刷発行　2016 年 4 月 15 日

著　者● 中山 均

発行人● 茂山 和也

発行所● 株式会社 アルファベータブックス

〒102-0072　東京都千代田区飯田橋 2-14-5　定谷ビル

電話 03-3239-1850　Fax 03-3239-1851　E-mail alpha-beta@ab-books.co.jp

装丁●渡辺将史

印刷●株式会社 エーヴィスシステムズ　製本●株式会社 難波製本

定価はダストジャケットに表示してあります。

ISBN 978-4-86598-011-0 C0093